N'AVANCE QUE DÉSARMÉ

Du même auteur

À la santé du feu, Lattès, 2013.
Kouri, Lattès, 2015.
Au nom des nuits profondes, Fayard, 2017.

Dorothée Werner

N'avance que désarmé

roman

Fayard

Couverture : Hokus Pokus

ISBN : 978-2-213-72105-7

« Va, n'avance que désarmé,
À travers la vie, et ne crains rien. »
Hölderlin

Il faudrait tout déchirer. À la faveur d'une rencontre, consentir à tout perdre. Dire oui. Avancer désarmé.

Acte 1 – LA VIE MODERNE
Acte 2 – LE MENSONGE
Acte 3 – LES CHOSES SÉRIEUSES
Acte 4 – LA CHAMBRE 1830

ACTE 1 – LA VIE MODERNE

CHAPITRE 1

« Tu t'es vue ? Un animal aux aguets planté dans une clameur de fin du monde. Tu parles d'une épiphanie. » Tais-toi, maudite voix intérieure qui vient encore la ramener. Il faudrait te claquer le beignet. « Tiens-toi droite, l'endroit est si piteux. Redresse-toi, bon sang, pense biche, pense elfe, fais quelque chose, bricole-toi un genre de dignité. » L'heure du rendez-vous approche. La nuit dernière, la fille s'était emballée. Elle avait rêvé une scène de comédie romantique, un bar cosy aux lumières tamisées, un pont, une allée le long du fleuve, un café désolé sur une plage du Nord, et pourquoi pas ? Sur ces décors, un intermittent du spectacle s'ingéniait à faire délicatement virevolter une pluie de pétales roses comme autant de serments, c'était beau. Coupez ! Sur le parking géant de l'aéroport, le réel sent l'huile de friture. La fille est noyée entre des centaines de voitures à l'arrêt, face à un hôtel monumental bardé de néons à l'américaine. Le vent, le grand vent qui rend fou, voilà des jours et des nuits qu'il n'a pas molli, des jours et des nuits qu'il fouette la ville. Plastiques, tôles, pans entiers de toitures, cartons, toutes les saloperies du monde se fracassent partout où c'est possible. Furie qui empêche de penser droit. La fille, grande brune aux cheveux bouclés, plonge ses mains dans les poches de sa parka bleue et tombe sur un jouet aussitôt identifié comme appartenant à son enfant, une tortue de plastique qu'elle serre dans son poing. Le vent, encore. Ces maudites rafales, comment s'y habituer ? Dehors, depuis des mois, on marche buste en avant et tête baissée, plus personne ne porte un chapeau ou un parapluie, rien qui risque d'être embarqué, rien qui dépasse. La tortue. Penser à son fils maintenant, lui qui l'a glissée dans sa parka, pas question. Penser à son mari, pas plus. Pas maintenant, pitié. Elle broie la tortue, la démantibule dans le creux de sa main moite et la balance dans une bourrasque. Le ciel peut-il être un secours ?

Au-dessus du tarmac saturé de réflecteurs, il est orange. Uniformément orange. C'est devenu virtuel, mais elle le sait : quelque part loin là-haut, au-delà du monde déréglé, ce soir c'est pleine lune. Un souvenir du monde d'avant, la pleine lune. Ses rayons imprimaient leur marque fantôme sur les tissus, on rentrait le linge séchant dans les jardins. L'oubli a une couleur qui claque, orange, mais la fille a une mémoire visuelle qui tient du miracle. Avoir le nez collé sur les images, pour une monteuse à la télévision, c'est un boulot de tous les jours. En fermant les yeux, elle convoque une masse ronde au milieu d'un ciel de plomb, une lune irradiante comme au premier jour de l'univers. Parfois une promesse, parfois une menace, la pleine lune, toujours un événement. Pour un départ nouveau, pour un nettoyage cosmique annonçant des changements, tous les vingt-huit jours et même si ça fait mal, elle est toujours partante. Si c'est un signe ce soir, un signe de quoi ? Elle rouvre les yeux et traque en l'air une lueur, quelque part dans le grand drap safrané. Peine perdue. Dans cet endroit grouillant, saoulé de bruits de moteurs, la force tellurique du Grand Tout est un souvenir disparu. Ici, c'est le cul-de-sac de l'hyper-réalité, tout est toc. La nuit tombe en même temps qu'une pluie épaissie par les courants d'air. Ses boucles brunes battent en retraite, et si elle existe comme un personnage de film, alors c'est au bord d'un plan large qui sent la défaite. Est-ce qu'elle s'est placée, sans s'en rendre compte, devant une bouche d'aération ? Une odeur de gras se mêle au crachin. Bouger. Elle pénètre dans le hall de l'hôtel, vaste comme une galerie marchande.

Ici, voyons voir. Soit un fast-food niché dans un coin, secoué à un rythme régulier par un décollage et un atterrissage. Soit une foule d'hommes seuls ou en grappes, on n'est pas là pour eux, mais puisqu'ils sont dans le cadre parlons-en.

Des types errant sacoche à la main entre deux avions. Coincés dans la grande lessiveuse des vols internationaux, ils se préparent à une nuit solitaire. Soit leur souci, malgré les plateaux-repas ingérés toutes les deux heures au gré des fuseaux horaires déjà traversés, de manger encore. Bientôt, en attendant l'aube et le prochain vol du lendemain, ils finiront quelques étages plus haut, claquemurés dans un clapier qu'ils éclaireront d'un clic, et l'écran mural s'allumera en même temps. Moquette grise, odeurs mêlées de désinfectant et de cigarette froide, ils connaissent la chanson, et leurs pas mécaniques, entre lassitude et assurance, les trahissent. Ces temps modernes en périphérie des villes, cette durée plate à la lisière de la vraie vie, ces moments suspendus entre n'importe quel jour et n'importe quelle nuit, interchangeables dans tous les aéroports de la planète, ils savent. L'errance de shopping mall, la profusion d'exhortations, le maelström de gadgets noyant jusqu'au souvenir des saisons, des arbres et des forêts, voilà qui constitue depuis des années – combien d'années déjà ? – l'étoffe même de leur existence. Cette vie confinée, pieds et poings enchaînés dans un labyrinthe d'artifices, rend les costumes flottants et les peaux grises. Ces hommes le savent aussi, avec le jetlag c'est fatal, ils zapperont. L'alternance entre le jour et la nuit est un souvenir perdu dont leurs corps gardent le pli, s'abrutir de mélatonine ne suffira pas. Ils zapperont sur des bêtises plus ou moins obscènes jusqu'à l'épuisement, jusqu'à l'écœurement, fouillant le minibar en quête d'une mignonnette de quelque chose avant de tomber comme des masses dans un sommeil sans rêves. En attendant, l'heure locale est une fois de plus celle du dîner. Les voilà qui font gentiment la queue devant l'immense comptoir en simili-zinc, histoire de s'envoyer une énième bière, un dernier sandwich, une ultime frite sous les néons. C'est au milieu de cette sauvagerie ripolinée que l'histoire se tient tout entière. C'est dans cet hôtel d'aéroport que le rendez-vous s'est noué entre la fille et le diplomate. Pourquoi ? Parce qu'il venait d'atterrir ici, où il passerait la nuit comme les autres, en attendant un autre vol demain matin à l'aube. Et parce qu'au fond, même si on est toujours tenté de se raconter autre chose sur la vie pour lui donner un peu d'ampleur, parce que c'était plus commode. Unité de lieu, unité de temps.

CHAPITRE 2

Bienvenue dans le royaume du réel, un petit pays en plastique baigné d'odeurs de synthèse. L'heure tourne. La fille a très exactement sept minutes d'avance sur sa vieille montre Seiko à quartz. Elle inspecte le hall en plan panoramique. Fond sonore confus, brouhaha du peuple encravaté, petit malheur sans drame des esclaves du siècle nouveau. Voilà une ambiance qui entre sous la peau, voilà qui refroidit. Les minutes s'étirent comme les pâtes à pizza du corner Mamma Italia, coincé entre les distributeurs automatiques et les écrans de télévision géants. Des images de feux et d'inondations défilent en boucle, des barres d'immeubles et des ponts emportés tels de vulgaires Lego dans des torrents de boue, des milliards d'hectolitres de flotte grise et des tonnes de béton. Plans mal filmés, mal montés, invraisemblable bric-à-brac auquel elle ne comprend rien. Installé en vitrine avec toque et tablier blancs, un employé sri-lankais tient comme chaque soir le rôle de l'Italien jovial fabriquant sa cuisine *a la mano*, toujours heureux de régaler la smala d'une bonne margherita *come a casa*, c'est écrit sur un sticker rouge.

La fille ferme les yeux encore et bascule de nouveau, juste pour un quart de seconde, c'est une toxico en cavale qui reprend en douce l'ultime lichette d'un élixir analgésique. Elle convoque d'autres images, et cette fois un genre de bar de nuit jazzy, une atmosphère au chic vaporeux, loin, ailleurs. C'est qu'elle est du genre dissipé. Dès que possible, parfois pour quelques secondes seulement, en douce, elle s'échappe. Au cinéma tout est faux, mais comme c'est doux, comme c'est bon. Se demander à l'infini pourquoi et comment elle a pu planter le reste de sa vie pour se rendre jusqu'ici ce soir, non merci. Savoir ce qui se passerait si elle mourait là, maintenant, terrassée d'un arrêt du cœur au milieu des voyageurs, vraiment non. Qui pourrait alors prévenir son mari de garde à l'hôpital ce soir et son fils à cette heure-ci endormi sans même un baiser de sa mère ? Les imaginer tous les deux, malheureux et hagards tout le reste de leur existence, cherchant en vain à comprendre la raison du mensonge, le pourquoi de sa présence dans cet aéroport cette nuit-là, les circonstances exactes de sa mort soudaine, et savoir que cette énigme, tel un venin corrodant leur sang, les tourmentera jusqu'à leur mort ? Non.

Barricadée dans ses visions en cinémascope, la grande fille brune préfère s'imaginer libre. Sans attache aucune, ni passées ni à venir. Papillon multicolore batifolant dans les prairies d'avril. Ce soir, pour une fois. Ce soir, faire la trêve. Occulter l'œilleton qui la scrute sans cesse et la voit endosser en temps ordinaire, avec une abnégation et un zèle doublement suspects, des habits étriqués depuis la nuit des temps, ceux de la fille, ceux de la femme, ceux de la mère. Toujours en train de rendre des comptes à ceux qui l'aiment, tout le temps et partout, comme si l'amour qu'on lui portait était un malentendu qui la rendait éternellement redevable, comme si pour survivre il fallait se conformer, à coups de pied si nécessaire. Bon sang, les éléments se détraquent les uns après les autres, une espèce vivante disparaît pour toujours toutes les vingt minutes, le monde va dans le mur et l'avenir est mort, alors une trêve, juste quelques heures, c'est trop demander ? Chaque jour elle se donne aux siens tout entière, piétinant sans vergogne les maigres plantations de son jardin secret. Comme tous les vergers du monde, il meurt de chaud et il meurt de soif, il s'asphyxie en silence. La catastrophe est là. Alors essayer autre chose, autrement. Et venir secrètement jusqu'ici, au diable les mensonges qui viendront la cuire plus tard, demain.

CHAPITRE 3

En attendant l'heure du rendez-vous, elle avait traîné au travail. Passager clandestin désœuvré dans le bunker de la télévision passé 20 heures, elle avait craint, en circulant entre les plateaux de flex-office du douzième étage enfin rendus au silence, d'être prise en faute par les agents de sécurité. La vidéosurveillance dans les moindres recoins, les caméras jusque dans les toilettes, elle savait. Mais quand elle avait compris que des détecteurs de mouvements par infrarouge allumaient ou éteignaient les leds du plafond au fur et à mesure de ses déplacements, elle avait empoigné sa veste et son sac pour se tirer de là vite fait. Dehors, elle avait marché une bonne heure face au vent, esquivant les débris charriés sur les trottoirs par les rafales, tâchant de faire front. Les rafales ne mollissaient toujours pas. De quelle vengeance cette rage était-elle le nom ? De guerre lasse, elle s'était abritée dans un café. Remaquillage vite fait, poser sur son visage trop pâle un genre de bonne mine, tricher rapide avant de choper un taxi dans la rue. Bras levé à l'ancienne comme dans une vieille publicité pour un déodorant, qui faisait encore ça ? Plus personne ne s'y risquait jamais depuis les vents orange, préférant plutôt rester à l'abri et sonner d'un clic un esclave autoentrepreneur en costard-cravate. Direction l'aéroport, terminal 3.

La bagnole fatiguée sentait la poussière, le moisi, le curry. À peine calée sur la banquette arrière, elle avait convoqué à toute force des images plus guillerettes, implorant l'oubli dans des bribes de chansons. Il faut dire qu'elle avait eu le temps, le trajet avait duré une heure et demie. Je roule doucement car, je le confesse en toute simplicité, je ne vois rien, mademoiselle, rien de rien, avait prévenu le chauffeur, zigzaguant à 20 km/h sur la bretelle d'autoroute, doublé à gauche comme à droite par des 4×4 lancés à fond la caisse, sa bagnole jetée d'un côté puis de l'autre au gré des facéties du vent. C'était un vieux Sénégalais à l'élégance surannée, rincé par la tragédie ordinaire de l'exil. Il portait un costume sombre, un col roulé noir et un feutre mou. N'ayez pas peur, avait-il dit face à l'effroi de la fille, qui lui demandait carrément de déporter sur la bande d'arrêt d'urgence sa 309 aux amortisseurs en bout de course, d'allumer ses warnings et d'appeler les secours. Pourquoi fallait-il ce soir tomber sur un taré pareil ? Sa voix intérieure ricanait : « Imagine un accident, là, maintenant, la vieille caisse à savon défoncée soudain par un Duster ! Imagine-toi blessée, un peu, beaucoup, les pompiers, les urgences. Comment justifieras-tu ta présence dans ce taxi, par quelle ruse de l'esprit trouveras-tu le ressort, l'habileté, d'inventer quelque chose alors que tu seras scotchée sur un lit médicalisé, shootée à la morphine, une infirmière te tenant la main, et que tu auras oublié jusqu'au mensonge bricolé ce soir pour te libérer ? »

Mais le taximan poursuivait son laïus. Je ne vois rien, pas à deux mètres devant moi, néant absolu, mais quoi d'anormal ? Pour atteindre une forme de vérité, il faut considérer une situation dans son ensemble, sinon on ne comprend jamais rien. Enfin c'est très simple, avait-elle d'abord réagi, exaspérée, il fait nuit, il pleut des cordes, vos essuie-glaces sont pourris, vous êtes un danger public. Peut-être, avait-il repris placidement, mais si je ne vois rien c'est tout bonnement que j'ai oublié mes lunettes, un faux pas en quittant la maison ce matin à l'aube, un oubli FATAL ! Il avait forcé la voix sur « fatal », articulant exagérément, criant presque, puis avait laissé la fin du mot retomber dans un silence trouble. Puis il avait ajouté plus doucement, parlant comme il conduisait, en zigzags lancinants, forçant sur son embrayage déglingué, comme s'il avait la nuit devant lui, comme un raconteur de fables, un griot sous son baobab, un pianiste de free jazz ou un fumeur de joints, suivant une ligne musicale aux méandres connus de lui seul et dégustant chaque mot comme on goûte un vin rare. Sur la route comme dans la vie, je suis prudent, j'avance à tâtons, mètre après mètre, et que les autres qui foncent autour de nous comme des damnés aillent au DIABLE ! Enfin, s'ils sont pressés, avait-elle balancé en bouclant sa ceinture de sécurité, la main crispée sur la poignée de la portière, c'est peut-être qu'ils ont de bonnes raisons, et qui ne regardent personne. Que se passe-t-il de si palpitant, s'était défendu le chauffeur, quel désastre les attend à l'autre bout de la route pour qu'ils se jettent ainsi sur l'asphalte, tels des lions affamés sur la BARBAQUE ? Que fuient-ils, quelle faute, quel crime, quel inavouable secret ? En observant le bitume de l'autoroute luire sous les lampadaires, elle avait imaginé avec dégoût qu'ils roulaient peut-être sur un reptile géant, noir et ondulant. Quel sens avait ce rendez-vous à l'aéroport, pourquoi s'être mise dans une situation pareille ?

« Toi aussi, tu fonces droit devant comme tous les mabouls autour de vous, pied au plancher, s'était gobergée sa voix intérieure. Après quoi tu cours, espèce de feu follet, que viens-tu chercher dans cet aéroport ? » Nous sommes tous blâmables, nous sommes tous condamnés, mademoiselle, continuait le griot, c'est tout simple, il s'agit de l'accepter, HUMILITÉ ! Moi aujourd'hui d'avoir oublié mes lunettes, vous coupable aussi, c'est indubitable. Je vous devine, disons, EXACERBÉE ! La fille avait brusquement cessé de lutter, lâchant l'affaire, abandonnant son sort entre les mains du chauffeur, advienne que pourra. Voyez-vous, il soliloquait encore, à force de voir défiler toutes les nuances de la nature humaine dans ma carriole, j'ai développé un sens de la perception proprement surnaturel et, dans votre cas, c'est LIMPIDE ! Vous êtes un genre de pierre précieuse. Alors l'abîme, à cause d'un coup de volant malheureux, l'abîme, non. Je sens votre cœur battre à contretemps jusque dans mes propres tempes, ça cogne en tous sens, n'est-ce pas ? Vous êtes un funambule en plein brouillard. Tenez, attrapez cette manivelle et baissez la fenêtre, laissez votre beau visage se couvrir de bruine. Elle est orange bien sûr, nous sommes tous des sagouins, tant pis ou tant mieux qu'importe, ce soir nous arriverons à BON PORT.

CHAPITRE 4

Cette fois, c'est l'heure. Scrutant la foule qui va et vient, la fille aux boucles brunes piste l'homme du rendez-vous comme on traque le souvenir d'un lieu disparu. Découvrir qui, quoi ? Elle le connaît peu, il l'intrigue. S'il avait été topographié par l'Institut géographique national comme un pays ancien, on pourrait déjà savoir. Homme d'un certain âge, grande taille svelte, cheveux blancs, deux billes sombres et glacées qui vous scrutent comme seuls le font les nourrissons. Visage rieur, costume et chemise blanche impeccable, fermée aux poignets par deux petits boutons de nacre, foulard de soie rouge pas complètement raccord. Ce qu'il est convenu d'appeler un bel homme. Propre et gai, bourgeois. Pour se trouver ici, a-t-il lui aussi plus ou moins menti, plus ou moins triché, plus ou moins trahi ? L'homme et la fille sont plus datés que dans une comédie américaine en noir et blanc, deux millésimes distincts, une bonne génération d'écart, le réel rigole moins qu'au cinéma.

Ils ont de l'éclat, chacun dans leur genre. Grande et longue, un visage pâle mangé par des yeux clairs, une allure folle malgré une affreuse parka bleue, la beauté de la fille semble échappée d'un temps ancien. À vrai dire et dans deux registres différents, le casting a du charme, une élégance légèrement twistée pour lui comme pour elle. Ils portent beau mais les visages sont creusés, c'est fatal. Pour elle et pour lui plus encore, la peau n'est plus si ferme, l'énergie moins tapageuse. Le temps a passé, leurs corps s'en souviennent, eux n'ont rien compris ou presque, ou alors y'a longtemps, ou bien ils ont oublié. Malgré les vies déjà vécues, ces deux-là semblent avoir encore un pied dans l'enfance, on le voit à leur manière de marcher. Trop aérienne pour lui, énergie entièrement concentrée dans le haut du corps, trop incertaine pour elle, qui s'avance sur un sol couvert de braises. Voilà pour la forme. Selon l'humeur du jour, autant être prévenus, on les trouvera peut-être minables, un couple de pantins s'agitant dans une mauvaise série ou bien frondeurs, héros tragiques faisant fi du destin, les deux à la fois ou tout à fait autre chose. En attendant, la tempête craque, gronde et menace, lacère tout ce qu'elle a sous la dent. Est-ce qu'au moins tout cela finira bien ?

À deux endroits opposés du hall aux inhumaines proportions, quelque part dans le nuage de graillon, flottent désormais le corps de la fille et celui de cet homme qu'elle ne peut nommer autrement que Monsieur, avec une majuscule et toutes les pincettes qu'imposent le mot poussiéreux, raide et corseté. Monsieur comme au premier jour. Monsieur à cause de son âge respectable bien sûr, mais aussi comme un bouclier contre la familiarité, que redouble leur vouvoiement. Une manière de le maintenir à distance du monde réel, le plus loin possible au bout d'une invisible perche. Monsieur par goût de la fiction, parce que, avec ce genre d'appellation AOC, on est partout et nulle part à la fois ? Plus trivialement, dire monsieur c'était bannir tout patronyme, laisser la place à la fiction.

Noyés dans le hall, ils ne se voient pas encore. Dans le chaos étonnamment orchestré se dessine la rangée des affamés, mêlée à la queue pour le check-in, croisant la file du check-out. Filmée en plongée par un drone, ou considérée depuis une étoile de berger veillant discrètement au grain, la scène est totalement embrouillée. Pas symphonique pour deux euros. L'ancien temps bien ordonné s'est dilué dans un chaos de chaque instant, l'affaire paraît burlesque. En zoomant, en écartant le pouce et l'index pour agrandir le spectacle, on verrait d'abord, à gauche de la porte coulissante de l'entrée principale, la grande fille brune. Malhabile, la voilà prise par une timidité soudaine dans la morsure des néons. Ses mains tremblent. Comment peut-elle être aussi gênée d'être là, où ses pas l'ont pourtant si consciencieusement menée ? Si sa présence est une forme d'aveu, à quoi acquiesce-t-elle au juste, le sait-elle au moins ? Ici, c'est le rebord du monde. Sauf à venir prendre un avion ou à débarquer de l'autre bout de la planète, recraché du grand shaker des vols internationaux tel un noyau d'olive, on n'y est jamais par hasard.

Dans un coin opposé à la scène, à droite au fond du hall, du côté des six ascenseurs qui mènent aux étages, deux portes s'ouvrent soudain sur le lobby. L'homme en costume surgit brusquement. Pardessus élégamment jeté sur son bras, léger swing dans la foulée. C'est un intranquille, un fonceur de l'ancien monde, qui scanne rapidement l'assemblée du regard. Ses longues jambes s'avancent à la manière d'un compas sur une carte marine, quand il faut y aller, il le faut. On s'approche encore. Impatient, il ne prend pas le temps de circuler entre les gens, les gens, les gens, pas le temps de déambuler, pas le temps de la mystification bien commode qui ferait que, tiens, mais c'est incroyable, vous ici, quelle coïncidence ! Non. Il dégaine son téléphone, vous êtes où ? À quelques mètres vibre le portable de la fille. Répondre, pas question. Si on commence sur ce ton, on n'en sortira pas vivants, mais anéantis sous le poids de la vulgarité, déjà que. Elle ne décroche pas mais voici qu'elle le repère dans la foule. Un sourire involontaire s'esquisse sur ses lèvres peintes, elle marche à sa rencontre. Sans hâte, comme au ralenti, et ce n'est pas un effet de style recherché, non, car voilà, ses jambes se dérobent.

CHAPITRE 5

Cette rencontre s'est déroulée dans cet ordre, exactement, un rendez-vous calé entre deux bourrasques de l'univers agonisant, en pleine tempête orange. Tout est vrai et tout faux dans les mêmes proportions, et désormais qu'est-ce que ça peut bien faire ? Plus personne n'appellera la police de la vérité. En plein naufrage, on écope, on survit, on guerroie, on rafistole en sombrant, on se gâche la vie qu'il reste avec la poisse de la peur tout le temps, et bref, on a d'autres chats à fouetter. Sauf qu'on veut au moins comprendre.

Qui est cet homme qui fonce dans la foule ? Mettons un agent secret et un résistant. On lève le sourcil, normal, on pense illico fake news, inutile de nous la faire, pas la peine de nous prendre pour des. Rien n'est plus exact pourtant, aucun mot du monde ne saurait mieux énoncer sa fonction. Mettons diplomate sur le tard, pour qu'on s'y retrouve. Ex-inspecteur des impôts, ex-administrateur civil, ex-directeur de cabinet, ex-conseiller d'État, si on veut creuser. Il avait usé pendant des décennies ses costards bleu marine dans toutes les administrations, claquant la porte des uns, tournant le dos aux autres, avançant en zigzags au gré des trahisons, des loyautés et des combats à mener, traçant sa route au centre. À l'âge où les hommes accomplis plantent le reste du monde pour aller jouer au golf, l'énarque devenu spécialiste de l'environnement ne débandait pas.

Rempilant in extremis, il était devenu pour sa dernière mission le conseiller spécial le plus coriace et le plus fantaisiste du ministère des Affaires étrangères. Attaché à sauver le monde avant qu'il ne se défasse. L'expression est usée jusqu'à la trame ? Il en convient mais il s'en fout, jamais il ne se prive de la resservir en public, ajoutant même les jours de flemme qu'il ne faut pas désespérer Billancourt, et si les plus jeunes n'ont pas la référence, tant pis pour eux. Pourtant les dés sont jetés depuis des années, il le sait mieux que personne. Le monde, voilà un bail qu'il s'est défait, c'est une douleur qui lui revient par intermittence, comme son problème au genou. Mais le diplomate écope avec acharnement. Son amour de la vie est une vieille liaison dont il ne parvient pas à se débarrasser. Sa carrière est derrière lui ? Il a empoigné ce dernier combat avec une ardeur nouvelle. Est-ce parce que, avec la fin du monde, c'est aussi la sienne qui s'annonce ? Au milieu du chaos, il mène son ultime mission avec sa courtoisie de toujours, et cette bataille lui sert à tromper une colère sourde face au carnage, ce feu qui l'empêche de dormir nuit après nuit. Histoire, le jour venu, de ne pas quitter le monde complètement désespéré ?

Ce qu'il lui reste de temps sur terre, l'homme au foulard le passe dans des réunions avec des chefs d'État ou leurs sbires, à l'abri des regards, dans les petits salons feutrés des grands hôtels, dans des restaurants à *what mille*, dans les vestibules des hôtels particuliers où s'est défaite l'Histoire, entre deux chuchotements feutrés. Il y va avec ses longues jambes, son humour et ses tenues impeccables, quelques notes jetées sur des fiches bristol millésimées et sa rage entortillée sur le cœur. Sous la popeline blanche vibre le souvenir des grands espaces. C'est la sève qui coule encore dans chacune de ses veines, la vérité de ce qui le meut. La baie de l'Hudson à l'aube, la vallée du Kamtchatka par moins 40, la dune du Pilat scintillant à marée haute, le cristal givré pailletant le Baïkal, le Stromboli posé sur l'eau comme une offrande. Et la forêt de l'enfance, surtout elle, les pins maritimes penchés sur l'océan.

C'est un homme en costard, engagé au nom de la beauté perdue des paysages, un type en noir et blanc, échappé d'un Melville. Don Quichotte en cravate, harnaché contre le cynisme, monsieur Tragique bataille d'arrache-pied à défendre l'air qu'on respire, le pouls vibrant de la canopée. Son épée est plantée ferme dans la moelle de ceux qu'on n'appelle plus des chefs d'État. L'univers est une vaste entreprise, les idées humanistes sont des goodies offerts gratis à la caisse des supermarchés, et les gouvernants des décideurs. Monsieur leur parle avec les mots sibyllins qu'ils connaissent, les expressions de leur race, les arguments de la raison et du bon sens cérébral qu'ils tricotent chaque jour pour en faire des rapports, des discours, des tribunes, des tableaux Excel. Il connaît les dossiers techniques sur le bout des doigts, argumente tout, bataille sur chaque détail, pinaille s'il le faut. Il comprend, bien entendu, que rien n'est simple, cher ami, mais ne laisse jamais aucune ambiguïté flotter dans le potage. Inlassablement, le diplomate reprend chacun des mots, les siens et ceux des autres, pour les polir un peu plus, vérifier qu'on parle bien de la même chose, qu'on se comprend malgré les failles sismiques qui entravent les intérêts respectifs. En mission, il recoud le langage là où il est troué, reprise chaque pièce du puzzle du réel avec des mots, des mots, des mots. Chaque adverbe à sa place, conjugaison impeccable, du subjonctif passé à l'irréel futur, sa langue est une vieille fourche ratissant les sols les plus réticents, désherbant à la racine les renoncements douteux, les évitements coupables. Des mots d'abord, des actes concrets ensuite. Il exige des engagements fermes et définitifs. Pronostic vital très largement engagé, on est bien au-delà de l'urgence. Il veut croire que chaque millimètre gagné, chaque homme qu'il aura su convaincre, même à la marge, chaque adjectif remis à sa place sauvera ce que l'on peut encore sauver, tandis que chaque jour brûlent les forêts, étouffent les océans, s'éteignent les animaux et s'asphyxient les hommes.

Le diplomate évite de s'étaler sur le fond, l'ambiance fin du monde, inutile de nous faire un dessin. Soucieux d'efficacité plus que de lyrisme, il parle un langage rationnel. Il connaît tous les compromis avec lesquels on gouverne, tous les « oui, mais » de circonstance. Il se méfie des grands discours, le vent de l'absolu n'est pas son truc, depuis longtemps il en a enterré l'appel. Il a vu trop d'amis de l'époque se prendre le mur, les uns après les autres se fracasser tête la première sur leurs idées trop pures. Pourtant, lorsqu'il s'ennuie, quand les tralalas diplomatiques s'enlisent entre deux décas et qu'il faut donner du mou à la négociation, il se retire derrière un sourire. Il ne pense pas à sa femme. Il ne pense pas à ses enfants. Encore moins à ses petits-enfants. Le combattant cartésien est aussi cet homme qui s'évade en rêvant à Romy Schneider. Pas Sissi, bien sûr, trop lisse, trop jeune, intérêt zéro, mais Romy chez Sautet, naturellement, la grâce et la faille, l'humour et la femme. Depuis des années, il la fait apparaître à l'envie. Son sourire d'enfant, son espièglerie et son panache, et puis ce voile parfois posé sur son regard vert d'eau. Romy Schneider et comment pour elle à l'époque, pour elle seulement, il aurait pu tout foutre en l'air, gober n'importe quel rêve débile de vie nouvelle.

CHAPITRE 6

Et elle ? Ce matin-là bien avant son échappée, la fille aurait pu sauver aussi quelque chose, au moins un chat de la noyade. Sinon à quoi tiennent nos existences ? Au moins arracher un sourire à quelqu'un sur la terre. Elle aurait pu aussi rouler à fond la caisse à travers les plaines, faire sa valise et ciao tutti. Ou marcher pieds nus sur la rosée, cueillir une brassée de pivoines poudrées, plonger dans une mer translucide. Au minimum apporter du café aux silhouettes noires entassées au pied de son immeuble, grappe de reproches vivants agglutinée contre le vent, venus de loin l'espoir en bandoulière pour finir ici collés au désastre. Ou alors chanter à fond, hurler un bon coup, danser seule dans sa chambre et que le monde entier aille se faire. Non, rien de tout ça. Levée tôt, elle avait beurré deux tartines pour son fils avant l'heure du collège, lancé une machine à laver, 30°, cycle court, parce que l'ado joue au foot dans la boue, parce que le mari porte une chemise propre chaque jour, parce que la vie est décevante.

Et puis elle avait constaté que son fils était parti en classe sans rien avaler, et ce matin pas plus que les autres, elle n'aurait su dire si c'était réellement un problème. Sa parka enfilée, elle s'était jetée dans la tourmente jusqu'à l'abri du bus 1324CX qui passe toutes les quatre minutes. Sur un écran mural, elle avait lu les mots d'un poète détournés à des fins publicitaires par un opérateur téléphonique, *L'amour, c'est quand vous rencontrez quelqu'un qui vous donne de vos nouvelles.* Qui pour lui en donner aujourd'hui ? Elle avait voyagé coincée derrière une vieille dame en tailleur grège, allure chic et odeur de fromage, qui lui avait rappelé sa grand-mère. Elle la savait morte pourtant depuis des années, mais si c'était bien elle, qui vivait une vie fantôme dans l'anonymat de la ville ? Dans ce cas, elle aurait fait semblant de ne pas reconnaître sa petite-fille, détournant la tête dans un rictus assez désagréable. « Tu ressembles à tout le monde et à n'importe qui, avait raillé la voix intérieure, une meuf lambda prise dans sa roue en attendant ses prochaines vacances, pour Mamie, voir ça, plutôt crever. »

Arrivée sur zone, la fille avait dégainé son badge magnétique, sésame pour entrer dans les locaux ultra-sécurisés de la télévision. Après l'avoir essayé devant le miroir de l'ascenseur, elle avait posé son plus chouette sourire sur son visage. « Peine perdue, avait gloussé la voix toujours charmante, tes cernes violets, tes plis au coin de la bouche, tu peux toujours feinter, le temps fait son œuvre. Te vivre comme une gamine, à ton âge on n'est pas loin du pathétique. » Elle s'était recoiffée vite fait. Ces jours-ci les bourrasques donnaient aux femmes de la ville des airs de cinglées ou d'amoureuses passionnées au sortir d'une grande et belle nuit d'amour. Dans les deux cas, mieux valait garder pour soi son petit secret.

Au douzième étage, elle avait distribué quelques bises amicales ici et là, sympa-sympa, avant de se planter pour quelques heures derrière le flot d'images défilant ad nauseam sur ses écrans. Vers treize heures, le rooftop étant inaccessible depuis le début des vents orange, elle s'était rendue avec ses collègues monteurs au troisième sous-sol pour déjeuner gentiment autour de sashimis diététiquement corrects. Petite parlotte de bon aloi autour de la peur poisseuse qui partout infectait la ville, aussi toxique que les courants d'air, et comment elle défigurait les visages, corrompait les corps, aiguisait salement les esprits. Café serré autour de la perspective du pire avant de se remettre sagement au boulot. Perchée sur les branches de l'arbre où s'enrubannent ses rêves, la monteuse voudrait plutôt être une chanteuse de rock en tournée, allant de ville en ville au bras des musiciens, surfant sur le monde entre hôtels et salles de concerts, sandwichs triangles aux stations-service et shots de vodka derrière un rideau rouge, main dans la main avec une petite troupe d'amis tendus vers l'épiphanie, chaque soir sur scène. Ou une vieille nonne au visage grave et doux, catho jusqu'à l'os, solidifiée par ses croyances et cloîtrée au soleil, à choyer des rosiers grimpants, déployant sa bonté bien planquée à l'abri du monde. Ou encore une infirmière de campagne carrée et bien dans ses pompes, enquillant les kilomètres dès l'aube en écoutant du métal dans sa Twingo jaune, dorlotant les blessures des petits vieux seuls sur terre et savourant sans se poser dix mille questions le café offert chaque matin, les madeleines sorties du four sur une table de cuisine. Toujours elle voudrait être une autre, une autre et bien volontiers n'importe qui, c'est le feu idiot qui nourrit son insatiable curiosité pour l'existence de chacun, tout en l'expulsant constamment de la sienne.

Aussi détraquée que celle des pôles, sa météo interne est une tempête permanente. Ballottée par des pensées tyranniques, poreuse à l'excès, perpétuellement sidérée par ce qui semble ordinaire et banal à tous, elle s'éparpille comme à quinze ans dans le vertige illimité des scénarios de toutes les autres vies possibles. Autant d'existences qu'elle enfilerait au départ comme des déguisements, mais dans lesquelles elle trouverait, en moins de temps qu'il ne faut pour le dire, ses propres marques et peut-être finalement, à force d'essayages, la cohérence qui lui faisait défaut. C'est l'une des rares choses que la fille sait d'expérience, la vie est si étrangement tenace qu'elle fait son nid partout.

En surface, elle s'applique avec acharnement à assumer la sienne, endossant en adulte la plus responsable possible ses rôles les uns après les autres. Femme en parka mais femme quand même, épouse faillible d'un médecin qui sauve des vies, mère imparfaite d'un fils collectionneur de tortues, amie le plus souvent fiable, salariée de la télévision. Tout cela irait de soi chez n'importe qui d'autre, plus spontanément arrimé au quotidien. Pour elle qui a pourtant atteint un âge où l'on s'est normalement stabilisé, pour elle malgré les rides naissantes, c'est encore un sacerdoce. Quand elle considère le mal fou qu'elle se donne pour maintenir un genre de normalité, un semblant de continuité et de stabilité afin de ne pas affoler les siens, quand elle considère ce que ça lui coûte, du matin au soir et dans presque toutes les circonstances, c'est avec la froideur du granit dont sont parfois capables les trop sensibles. Elle n'en pense rien. Pour éviter de se consumer, elle transforme parfois son cerveau en surface minérale, son cœur en lac gelé. Même ces jours-là, elle s'acharne à sourire. Sourire, c'est mieux que rien.

Déformée par son métier, la fille regarde les séquences de ses journées défiler en temps réel sur un écran imaginaire. Ce sont des rushes orphelins, plus ou moins bien cadrés, s'empilant en pagaille en attendant d'être ordonnés pour pouvoir commencer à raconter quelque chose. Quand une séquence fait battre son cœur trop vite, elle la fige sur pause pour ralentir la danse et c'est le cas en ce moment, juste avant la rencontre avec le diplomate dans le lobby géant de l'hôtel. L'homme au foulard rouge est-il lui aussi venu chercher ce soir, en vieux flibustier, des nouvelles de lui-même ? Ailleurs dans sa vie, on a pourtant compris qu'il connaît sa place et ne doute pas de sa légitimité. Il est utile, efficace, performant, c'est un homme, bon sang ! Devant les plus fines porcelaines du monde, dans les plus chics quartiers des grandes villes et trinquant aux meilleurs vins, le diplomate martèle, entre deux avions, trois rendez-vous, quatre déjeuners et un conf'call, on va dans le mur les mecs, reprenez-vous. La catastrophe est là, il ne veut rien lâcher. Abandonner la partie en cours de jeu, lui vivant, c'est non. Il observe les puissants se débattre, il voit des insectes xylophages en plein incendie de leur propre forêt. Ce n'est plus à démontrer, pas un arbre, pas un insecte, pas un humain ne survivra. Entre deux mignardises, il les observe encore. Leurs circonvolutions de moins que rien, leurs désirs sans limites et leurs manières obséquieuses. La certitude d'être du côté du bien, gonflés d'orgueil tels des moustiques après la saignée, ils perdent leur âme et la nôtre avec. Le diplomate ne verse pas dans la litanie, mais leur assène plutôt les yeux dans les yeux, dans un sourire presque tendre et dans toutes les langues s'il le faut, vous n'avez plus le choix. Aveuglés par leur culte de la croissance, cavalant vers la falaise, ils accélèrent encore la destruction, consentent au carnage. Les mers montent de toutes parts, ces types en train d'assassiner leurs enfants voient craquer les digues, la beauté mourir d'épuisement, ils finiront comme des chiens.

CHAPITRE 7

Mais ce soir, là, maintenant, tout de suite, monsieur perd son flegme dans la cohue du lobby, téléphone en main. Attendre passivement n'a jamais fait partie de son programme, pas même une minute, pas même une seconde. D'un clic, il rappelle une deuxième fois, tac. Une deuxième fois personne ne décroche. Voilà pourtant un moment qu'il se réfrène pour passer ce fameux coup de fil à la fille, à vrai dire depuis l'instant même où son avion a atterri, il y a seulement une heure. Si elle n'était pas là ce soir ? Le diplomate a plusieurs visages, alors en arrivant dans sa chambre du 18e étage, il a mimé pour lui-même l'air de la confiance et de la décontraction en défaisant sa valise. C'est un homme ordonné. D'abord il a allumé sa bougie. Une simple bougie chauffe-plat blanche, comme il en apporte dans chacune des chambres d'hôtel qu'il occupe autour de la planète. Devant la flamme, il a déposé son trésor, une grosse pierre d'un bleu ondoyant, parfaitement ovale et comme animée d'un cœur translucide.

Une aigue-marine héritée de son père, qui la détenait lui-même de son propre père. Jamais il ne s'en sépare et la pierre a déformé, à force, le cuir épais de son cartable.

La bougie irradiait le caillou de l'intérieur. Mille et un reflets dansants se manifestaient, la pierre se mettait à palpiter doucement. C'était lacté, c'était turquoise ou vert d'eau, c'était opalescent. Chaque fois, la magie opérait. L'énergie mystérieuse de l'aigue-marine, jamais la même, lui murmurait des visions, des vérités et des secrets dont il n'entrevoyait pas toujours le sens ou la portée. Mais l'heure tournait. Sur un cintre, l'homme en transit a suspendu la chemise blanche prévue pour son avion du lendemain matin, direction San Francisco où l'attendait une énorme négociation. Il a branché son ordinateur près du bureau, et après une douche rapide, répondu aux mails les plus urgents. D'ordinaire, il est capable d'une civilité exemplaire, d'un sang-froid de mastodonte, et ce flegme participe de sa réputation dans le puissant milieu des passions tristes. Mais au-dedans de monsieur comme dans tout pays vivotent des régions reculées, et ici quelques marécages affectifs d'eaux stagnantes dans lesquels il a tôt fait de s'envaser.

Sur ces terres gorgées comme des éponges, rien n'est jamais sûr. Alors il s'est assis de nouveau face à son secret, pour s'immerger un instant dans les mille et un reflets attisés par la pierre.

Si elle ne venait pas ? La question se cognait au faux plafond en polystyrène de la chambre 1830. S'il se retrouvait planté là comme un vieux con ? Leur rencontre était si récente, il n'avait pas eu le temps encore de décrypter la texture exacte de cette fille, d'envisager précisément ses contours. Cette fille ? Cette femme plus exactement, mariée et mère, et pourquoi n'arrivait-il pas à fixer cet état de fait ? Si elle était plus jeune que lui, ce n'était plus une gamine pour autant, il n'était pas si gâteux. Au contraire, il lui trouvait une féminité souveraine, il observait comment en elle tous les âges se mêlaient, voyait en même temps la femme grave et l'enfant, la révoltée et l'adulte avisée. Il aimait comment, au moindre sourire, ses rides illuminaient son regard clair. Qui était-il au même âge ? C'était vieux, plus de deux décennies, mais la première chose qui lui est venue, c'est qu'à l'époque il était courtisé. Bien plus qu'à vingt ans. La deuxième, c'est qu'il en avait bien profité. Hypothèse haute, les cheveux gris plaisaient aux femmes. À moins que ce fût le pouvoir et le prestige social, hypothèse basse.

À l'époque, les trois enfants venaient tout juste de quitter la maison, mariés ou tout comme, livrés au monde d'attaque pour bâtir leur propre histoire. Avec sa femme avocate, tous les deux d'un même élan et sans se concerter, ils avaient redoublé d'ardeur au travail. Chacun de son côté, cumulant encore plus de responsabilités, voyageant sans cesse, entretenant leurs réseaux et additionnant les amis, les week-ends et les obligations. Une grande agitation. Physiquement, il avait alors encore de l'énergie, beaucoup, il s'en souvient comme si c'était hier. Il dormait peu mais avalait chaque matin dès l'aube ses dix kilomètres au petit trot, allure 13 km/h, pouls à 170. La cinquantaine était là, c'est de l'histoire ancienne maintenant, pourtant il avait alors l'impression intacte d'un monde à conquérir, un appétit inentamé pour l'action, et l'impression ridicule d'avoir encore une vie devant lui, du moins c'est le souvenir qu'il en avait. Il regardait les messieurs qui avaient son âge aujourd'hui avec dégoût, ne voyant que des moribonds accrochés à leur table de bridge en attendant d'y passer, quelle vanité, quelle arrogance, quel con.

À quel moment devient-on vieux ? Y a-t-il un jour un déclic qui vous fait tout lâcher, ressent-on une lassitude définitive, un beau matin face au jour qui point ? Abdique-t-on fatalement avant de mener bataille ? Jusqu'alors il n'avait rien senti. Mais depuis quelques semaines, et à vrai dire depuis que cette fille posait sur lui son regard droit et pâle, quelque chose en lui se modifiait. À quoi ressemblait-il désormais, lui qui se trouvait laid depuis l'enfance, au point d'avoir passé sa vie à fuir les miroirs ? Le diplomate de la 1830 s'est levé d'un bond pour aller s'inspecter dans la salle de douche miniature. Mouif. Cheveux blancs, calvitie en cours, rides marquées, ventre mou, l'ensemble lui parut plus que bringuebalant, panique. Rien ne signifiait sa flamme, plus rien, et ce décalage, cet effacement visible de tout ce qui l'avait constitué jusqu'alors, c'était une morsure intolérable. Est-ce qu'avec cette fille il était pris banalement par le démon de midi, ce refus de l'inéluctable qui exacerbe les sens une dernière fois et vous fait fondre sur n'importe quel dérivatif, n'importe quelle fille de passage ? L'idée le révolta. La preuve, s'il en fallait une, c'était elle. Pas une minette bien gaulée, pas une gamine facile à impressionner, tout le contraire. Elle était farouche, réservée, tourmentée par des vents contraires peut-être, mais d'une lucidité redoutable. Elle voyait tout. Parfois, elle tournait en dérision les choses trop graves, noyant le poisson jusqu'au vertige, dans une certaine pagaille, et cette pudeur qui faisait écho à la sienne le touchait peut-être plus encore que tout le reste. En surface, rien ne pouvait expliquer un truc pareil, cette proximité malgré tout. Ni leurs âges, ni leurs trajectoires, ni leurs mondes respectifs, quel mystère.

L'aigue-marine trônait maintenant au milieu du bureau ridiculement étroit de la chambre mal insonorisée. Des volutes lactées s'échappaient, pour raconter quoi ? Un adultère, ce mot visqueux et salissant, ce mot dégoûtant et infirme, inapte à raconter quoi que ce soit de ce qui se joue entre deux êtres, non. Aucun intérêt. Ce n'est pas l'histoire qui se raconte ici, il est question d'autre chose, mais quoi ? Je la connais à peine, le contact est parfois rugueux, pourquoi sa présence m'est-elle si familière ? D'un geste trop brusque, le diplomate fit chavirer la bougie, de la cire blanchâtre s'écoula mollement en épais sirop sur le contreplaqué du bureau. Agacé, il souffla la flamme d'un coup sec, assez de bêtises.

CHAPITRE 8

Leur rendez-vous à l'aéroport avait été ficelé à l'arrache, la veille, au détour d'un coup de fil. Le diplomate venait de passer deux jours à Londres, enfermé depuis le matin dans la grande salle du Conseil d'une bâtisse gouvernementale. Négociations et pinaillages traînaient en longueur, blablabla. À la pause de 16 heures, rien n'était gagné. Les mecs rechignaient. Perdre l'argent du charbon pour installer en pleine mer, sur tous les pourtours de l'Europe de l'Ouest, des champs entiers de hideuses girouettes plus vertes mais moins rentables, même avec les tempêtes qui déferlaient en cascades été comme hiver, même subventionnés jusqu'à l'os par les fonds de l'UE, de l'ONU et avec la bénédiction de l'Unesco, ils n'étaient pas chauds. L'affaire était coton. Monsieur s'était éclipsé pour téléphoner, planqué entre deux fontaines de pierre, au fond du ravissant jardin d'agrément bordant l'arrière du bâtiment. Il avait pris une autre intonation. Oublions la voix grave et autoritaire avec laquelle il venait d'égrainer ses arguments serrés telles les baïonnettes des soldats au front, feignant d'ignorer la moue désagréable de ses interlocuteurs costumés. Pourtant avec sa voix des affaires du monde, il venait six heures durant d'articuler soigneusement chaque mot, in english if you please, les étirant comme autant de chewing-gums. Pour convaincre, mais aussi atténuer par la forme la violence de ce qui était formulé sur le fond. Si l'on devait figurer son point de vue et celui de ses adversaires, deux paquebots venaient de se percuter salement. Mais pour ce fameux coup de fil, il avait changé de personnage, devenant un passager clandestin, un pirate, un infiltré.

Planqué derrière un houx centenaire, le diplomate avait pris un ton presque joyeux. Joyeux, il l'était, mais inquiet aussi. La note était un peu forcée. Avec elle, tout était si mouvant. Bonjour, petite ! Il s'était jeté à l'eau sans prudence, comme on lance un louis d'or dans une fontaine. Petite ? La fille avait encaissé en silence. De quel droit s'autorisait-il une telle familiarité ? Le privilège de l'âge, puisqu'il aurait pu être son père ? Le privilège des hommes, qui parfois s'imaginent les femmes en poupées de porcelaine, des enfants éternels quémandant leur protection ? Monsieur la considérait-il comme une gamine tombée dans les rets d'un homme mûr, histoire de se mettre au chaud et d'oublier la responsabilité de sa propre existence ? C'était mal la connaître. Petite, au secours. Dès l'enfance elle avait bataillé pour ne plus l'être. Jamais. Nulle part et avec personne. Être petite, c'était risquer d'être anéantie, plutôt crever. Pourquoi ce mot qu'elle n'aurait jamais accepté ailleurs l'avait-il touchée à ce point ? Passons.

Le rendez-vous avait été convenu de manière impromptue, quand elle s'était enhardie l'air de rien tiens, mais si vous passez demain par un aéroport parisien, vous m'invitez à dîner ? Hier, cet élan lui avait paru joyeux et spontané. Le désir de se voir, la joie inespérée de trinquer tous les deux, l'occasion faisant le larron. En raccrochant, les mains de la fille s'étaient mises à trembler. Lui ne pouvait s'empêcher de sourire comme un enfant préparant un mauvais coup. La voir, soudain la vie s'agrandissait ! Bien sûr qu'il avait senti le frisson de la transgression, elle était un peu dingue, venir jusque dans son hôtel alors qu'ils se connaissaient encore si peu et si mal, c'était une aventurière. Mais maintenant, vertige, trac et mains moites, si elle n'était pas là ? À l'heure pourtant attendue cœur battant, au moment où la déception guette peut-être et au rythme interminable auquel s'égraine désormais chaque seconde figée dans la glu, cet élan, le même absolument, prend un tout autre visage. Pour tout dire, l'impromptu perd de son charme. Vu de si près, il apparaît même dans sa nudité crasse, vaguement glauque. Hier, sous le coup de la surprise, des jours reprenant des couleurs, hier, avec la distance, nimbée d'improbable, la perspective était excitante. Ce soir, à l'heure même du rendez-vous et tandis qu'il emprunte l'ascenseur pour descendre vers le lobby, cette même perspective prise dans les phares blancs du réel affiche un visage flétri. Un tel retournement, qui fait d'un même événement une chose et son absolu contraire, était-ce possible ? Avait-on déjà vu une attente aussi pleine et ronde se dégonfler à la manière d'un vulgaire ballon, une si charmante promesse se retourner comme un gant au dernier moment et brusquement dévoiler une doublure hideuse ? Oui, on l'avait vu déjà, pas seulement une fois, mais dix fois, mille fois hélas ! Deux secondes seulement ont passé, montre en main. Monsieur bondit hors de l'ascenseur, scanne la foule du regard, ne voit personne. Il s'emmêle les pinceaux, il se goure ou bien quoi, on n'avait pas dit hôtel machin, 22 heures ?

CHAPITRE 9

La fille ? Un raccord dans l'axe, invisible à l'œil nu, change la valeur du plan. On a un peu compris à quel genre de musique elle se chauffe, mais c'est encore trop flou. Dans une poignée de minutes à tout casser, elle se retrouvera nez à nez avec le diplomate dans ce lobby gigantesque, et il sera trop tard pour ce genre de considérations. Alors, puisqu'il faut bien agripper une existence par un bout, tâchons de l'attraper par le versant travail. Quelque chose rechigne ? Normal. On sait combien la manière dont on occupe notre vie, le moyen par lequel on se tue à la gagner, ne suffit pas à nous définir. Pourtant c'est un détail qui compte, c'est la mesure humaine du monde, voilà, c'est tout.

Surtout dans un cas pareil, puisque son travail colonisait entièrement son esprit, déformait son rapport au réel au point qu'il lui arrivait de plus en plus fréquemment de ne plus savoir démêler ce qui relevait du réel ou de l'image. Et si elle était hôtesse de l'air, un petit foulard noué sur le côté et un vrai génie pour mimer l'enchaînement muet des gestes de sécurité ? Si elle vendait plutôt des fleurs, dans une échoppe parisienne pour Américains en goguette, des brassées étincelantes de mimosas l'hiver, des bouquets géants de lilas au printemps et des roses toute l'année ? Si encore elle était maire sans étiquette d'une ville bon enfant, 30 000 habitants maximum, circulant à vélo pour l'exemple, toujours un mot à la bouche pour ses administrés et une longueur d'avance sur l'opposition les soirs de conseil municipal ? Ou bien caissière de 9 à 19 heures, une heure de pause à caler chaque matin en fonction des plannings avec un manager rugueux, comparant pour se distraire les visages de ses clients au contenu de leur panier, voyant leur intimité défiler sur le tapis roulant et parfois, sous forme d'une 8,6° dès 9 h 07, leurs misérables petits secrets ? Non. On le sait, on l'a compris déjà, la fille travaille pour la télévision. Plus, elle assemble des images et des sons, découpe et recolle des tranches de vie, fabrique des histoires à la chaîne.

Elle est monteuse, c'est son statut et sa vie de tous les jours. Enfermée dans l'obscurité face à des écrans dans un réduit trop froid l'hiver malgré le chauffage, trop chaud l'été malgré la climatisation, un cahier sur les genoux, le nez collé sur des images, dix claviers sous les doigts. Devant son banc technique, elle colle entre eux des plans et des séquences, travellings, plans larges ou serrés censés refléter la vie, la vraie, pour fabriquer des documentaires. Prétendre raconter la vérité, avec des scènes et des sons enchaînés de mille manières, si artificiellement agencés ? Prétendre au réel quand le moindre reportage est écrit avant même d'être tourné, aussi minutieusement qu'un scénario de fiction, histoire de séduire les distributeurs et les annonceurs, pour ne pas dire les clients, pour ne pas dire les rois ? Faire advenir une parole authentique, alors qu'on bricole les raccords ni vu ni connu, qu'on choisit les phrases les mieux prononcées et qu'on vire les autres, en voilà un joli tour de passe-passe ! Dans le chaos des images plus ou moins bien tournées qu'elle dompte chaque jour, des moments certifiés véridiques s'agglutinent dans le désordre sur ses écrans. Aujourd'hui par exemple et au hasard, quels rushes ?

Là, tout de suite, suspendue au milieu du lobby, elle ne saurait plus le dire. Ce n'est plus une fille normale, mais un tourbillon qui avance en slow motion, noyée dans la *no go zone* du terminal 3, et elle a tout oublié. Voici pourtant les images sans queue ni tête passées ce jour-là sous son regard de loup. Un paysage champêtre au printemps, bocager, vide, entièrement orange / Un homme aux cheveux collés par la sueur, hors de lui, je ne me laisserai pas faire, bande de cons, jamais ! / Une fille cadrée très serrée rasée d'un côté, piercing discret sur la narine, faudrait aimer les hommes, pas les femmes, c'est ça votre amour ? / Plan large sur une scène de rue, manifestants, flics, trois femmes entament une gigue quand un jeune, foulard noir sur le visage, balance un doigt d'honneur à la caméra et sort du champ. Sur les écrans de travail de la monteuse, le flot des images mixe l'espace et le temps, secoue les représentations en un festival de signes et de mots, une spirale d'atmosphère évanescente. N'importe qui en aurait le tournis ? Pas elle. Assise face à ses machines comme devant un piano, c'est une virtuose qui jamais ne perd les pédales. Elle a peut-être des chansons plein la tête, de la new wave pour les grands jours, de la pop en pagaille pour le tout-venant, mais elle a aussi de la mémoire, de la méthode, de l'expérience.

Au centre de la ronde assourdissante des images et des sons, elle est le grand manitou du temps narratif. Elle ordonne le sens, agence les rythmes, choisit chaque perle du collier d'une histoire, de l'amorce jusqu'au mot de la fin. Ici, c'est elle qui fabrique la réalité. Elle tranche, et vite. Cut, sans que jamais sa responsabilité fasse trembler sa main. Avec une assurance tranquille, un savoir-faire solide et une certitude qu'elle n'a nulle part ailleurs dans son existence. Dans l'idéal bien sûr, elle essaie de rester au service de ceux qu'elle montre à l'image. Prendre leur parti, toujours, quoi qu'il arrive, les aimer un peu si possible, sinon comment pourraient-ils apparaître aux autres ? Se les payer serait tellement facile. Un mot de trop, une mimique, un geste maladroit ? En un plan, un seul, l'affaire peut être pliée, n'importe qui se retrouver piétiné et même anéanti pour toujours, affaire réglée, au suivant ! L'abus de pouvoir est une tentation à portée de clic, elle résiste. Dans le fond secret de son cœur, la monteuse voudrait pouvoir les montrer tous nobles et dignes, même quand ils disent des conneries, même quand ils sont hideux, quitte à bidouiller l'image, à maquiller un sonore, à tricher un peu, puisque c'est son travail. Sur ses écrans, c'est l'humanité entière qu'elle voit défiler, et à force elle sait combien les hommes se donnent du mal, comme ils font ce qu'ils peuvent, comme ils ratent aussi, et pourquoi ils explosent en vol. Les sauver tous ?

Ce n'est pas une sainte non plus, il y a des limites. Quand un abruti se révèle être un nuisible, un vrai, d'un simple geste elle clique sur le plan, le glisse dans la corbeille, adieu. Se montrer impitoyable, elle sait faire. Le monde sombre en temps direct ? Au cœur du péril s'agitent ceux qui attisent le feu. Sous la pierre, les cafards se bousculent au portillon, ils veulent leur part du festin, quitte à balancer dans le feu le peu qui nous aide à tenir encore plus ou moins debout. Avec ceux-là, elle se révèle sans pitié, et ces temps-ci même avec une cruauté placide nouvelle et glaçante. En trois plans, les attitudes ou les propos les plus répugnants sont dégoupillés, l'auteur cramé pour toujours. Censure, cynisme, sabotage ? Oui. C'est la guerre, mec.

Voilà comment, depuis ce matin, la monteuse a fabriqué des histoires comme on assemble des puzzles, des Lego ou des romans, livrant des semblants de continuité plus ou moins informatifs, plus ou moins narratifs, plus ou moins fallacieux. Déformation professionnelle, c'est devenu la manière dont elle traverse sa propre existence. Un monceau de rushes de plus ou moins bonne qualité, sa vie. Filmés en temps réel, sauf qu'ici personne n'est payé pour les mettre en ordre, quelle histoire pourraient-ils bien raconter ? Sur sa feuille de paye, on lit chef monteuse, mais dans sa tête, c'est plus compliqué. Chaque fois que la fille énonce son statut social, face à un curieux par exemple, chaque fois qu'elle s'entend prononcer le mot qui dit son métier, elle lève un sourcil intérieur, sûre de travestir, certaine d'usurper pour la galerie, pour la décence, parce qu'il faut bien se résoudre à un langage commun. À la question que faites-vous dans la vie, elle répond je suis monteuse, et chaque fois sans exception, elle s'entend articuler je suis menteuse.

CHAPITRE 10

Enfin, ils se trouvent. Bonsoir, vous ne répondez jamais à votre téléphone ? Ils sont gênés. Le diplomate découvre d'un coup le lobby pour la première fois. Plus tôt en arrivant, il avait foncé dans sa chambre tête baissée. Maintenant il réalise comme tout est laid. Les néons l'agressent, le décor suinte la trivialité, raffinement et délicatesse degré zéro, que va-t-elle penser de lui ? D'habitude, je descends dans des hôtels bien plus dignes de vous, croit-il devoir dire avant toute chose. Il s'agite, il est nerveux, il est trop bavard. Ici, il déteste, c'est ignoble, ignoble, il pèse le mot. Tous les autres hôtels étaient complets, il en est navré et il s'enlise. En plus, les tauliers font monter les enchères en fonction de l'offre et de la demande, ce monde de gougnafiers perd le sens commun, ma chambre est ridiculement petite et m'a coûté une fortune, non mais vous imaginez un peu ?

La fille n'écoute pas, trop occupée d'un coup à se demander pourquoi elle porte encore la même tenue, comme à chacune de leurs rares rencontres ou presque, cette même parka bleue étriquée et ce jean trop usé, pourtant choisis ce matin tout sauf au hasard. Et si elle avait plutôt enfilé en chantonnant une robe cintrée, jaune comme un soleil, une robe qui donne bonne mine, fait la taille fine et la jambe interminable ? Si elle avait choisi une jupe noire avec des escarpins, un peu petite madame soignée mais pourquoi pas, dans une circonstance pareille, avec une fleur discrète dans les cheveux ? Si encore elle avait osé un pantalon blanc, c'est joyeux comme tout, un pantalon blanc, avec un joli pull tombant sur l'épaule, histoire de la jouer un peu nature, un peu chatoune, en mode belle plante telle une vraie fille ? Non, non et non. Devant la penderie, ses mains s'étaient mises à trembler. « Calmos ma vieille, avait tancé la voix, ne complique pas les choses avec tes conneries. » Alors ce fut ce jean et cette parka, tant pis pour la paillette, adieu festivités, pas la force de venir emballée comme un paquet cadeau. Quand on se jette dans le vide, elle avait pensé avec une prudence de notaire, écœurée de la jouer à ce point petit bras, mieux valait porter sa tenue de toujours que chercher à épater la galerie.

Moment de flottement au cœur de la foule, deux albatros à l'arrêt. Honte du lieu pour lui, honte du look pour elle, allons bon. Au même moment, le lobby passe en mode nuit. Mesure gouvernementale récente dans tous les lieux recevant du public, imposée de manière réglementaire entre 22 heures et 5 heures du matin. Officiellement pour le meilleur. Faire mine d'économiser de l'énergie, tout en luttant contre l'anxiété générale que les vents orange exacerbent depuis des semaines, jusqu'à provoquer une vague de détresse psychiatrique comme le pays n'en n'avait jamais connu. Au fond, il s'agissait seulement de maintenir l'ordre public et contenir au maximum les débordements, au nom de la sécurité de tous et de chacun. Chaque soir à 22 heures donc, les néons se mettaient à pulser de manière discrètement stromboscopique, tandis qu'une musique d'ambiance électronique balançait des nappes en ondes delta. Entre 0,5 et 4 ondulations par minute, rythme censé favoriser la synchronisation cérébrale entre hémisphères droit et gauche. L'efficacité de la méthode de manipulation avait été prouvée par une flopée de laboratoires de recherche en neurosciences grassement rémunérés par l'État pour faire avaler toutes sortes de mesures en les justifiant scientifiquement, le diplomate en savait quelque chose, c'était la manière la plus socialement acceptable de calmer la foule un bon coup. Pourquoi ce soir-là le dispositif exacerbe au contraire la nervosité des deux ? Civils pourtant, civils toujours, ils se sourient, écrasent dans leur poitrine un afflux de sang malvenu. Leurs ailes de géants les empêchent ?

Ils ne sont, ni l'un ni l'autre, du genre à s'avouer perdants au premier revers. La puissance de l'élan qui les a menés jusqu'ici va-t-elle pouvoir reprendre quelques couleurs ? Sortons de là, dit l'homme d'action. Dehors, sait-on jamais ?

Dehors, c'est une autre désolation, du béton et des bagnoles partout, un parking géant face à trois palmiers de plastique noir, dont les branches en polypropylène s'emmêlent furieusement. Leurs claquements enragés évoquent une bataille de corbeaux dont les ailes se cogneraient sans fin. On imaginait quoi, une prairie piquée de fleurs sauvages, une terrasse en haut des pistes, une vue panoramique sur le lac de Côme ? Les voilà tous les deux debout face à face, au ras du bitume dans le brouhaha des rafales, tout petits personnages dérisoires flottant à gauche de l'immense porte automatique de l'hôtel, parqués entre l'espace des bagages et celui de l'approvisionnement des cuisines. Ils se tiennent debout, bras ballants, sur le carré vert marquant au sol l'espace dévolu aux fumeurs du vieux monde, encadrés par deux cendriers noirs stylés vite fait, symétriquement agencés et mesurant au bas mot deux mètres de haut. Ainsi, vous êtes venue ? Alors, vous avez fait bon voyage ? Misère des mots criés dans le vent pour rien. Le diplomate la regarde, il la trouve belle. La fille l'a saisi en un quart de seconde, et quelque chose en elle s'adoucit. Il sait que c'est leur cinquième rencontre, la cinquième fois exactement qu'ils se voient en vrai. Entre-temps, il y eut entre eux des coups de fil, nombreux, toujours plus nombreux, chaque fois d'une longueur plus suspecte, et si l'on voulait savoir combien exactement, il suffirait de lui poser la question.

C'est plus fort que le diplomate, il faut croire que son cerveau est ainsi fait. Il compte, il calcule, il vérifie. Chaque jour, il connaît la météo du lendemain quasiment heure par heure, cumulus, nimbus et stratocumulus, pas seulement dans l'endroit où il se trouvera, mais aussi là où vivent tous ceux qu'il aime. Température annoncée, température ressentie. Connaît chaque soir le nombre de pas effectués dans la journée, et même la longueur exacte des siens, et donc, via une petite multiplication, la distance totale parcourue. Connaît le nombre d'habitants précis de tous les lieux dans lesquels il se rend, et par exemple ici le nombre total de passagers qui défilent chaque 24 heures livides et blafards au milieu de l'aérogare 3. Connaît le nombre de minutes que durent ses coups de fil, c'est simple, il suffit de regarder, il est accro à son téléphone. Connaît le nombre des appels passés, reçus. Conserve et archive ses messages, ceux qu'il reçoit, ceux qu'il envoie. Dispose de plusieurs adresses mails, de plusieurs numéros de portable. Sait comment fonctionnent les conseils d'administration, les règles administratives des organismes internationaux, les pompes hydrauliques, le moteur d'une centrifugeuse, les modes de financement des fondations et des ONG, mais aussi où sont fabriqués ses chemises et ses caleçons, le coût d'une voiture en fonction de sa marque et de son âge, son prix à l'Argus à Paris, en province, et même en pièces détachées, désossée au fond d'une casse de grande banlieue.

Son rapport au réel est un long exercice de domptage de l'aléatoire et du fluctuant, une folle entreprise de rationalisation. L'incertain n'est pas sa came, est-ce parce qu'il trimballe dans ses bagages une inquiétude depuis l'enfance ? Pourtant, et là n'est pas le moindre de ses paradoxes, il perd régulièrement ses affaires. S'il a su conserver toute sa vie durant une boîte d'allumettes piquée dans le grand hôtel le soir où il est tombé amoureux de sa femme, il reste incapable de garder la même écharpe tout un hiver, la même casquette tout un été. Ses objets, vêtements, babioles et mille et un cadeaux reçus un peu partout, il les dissémine avec constance, sans avoir la moindre idée de l'endroit où ils ont été éparpillés. Et plus contradictoire encore, s'il connaît par cœur les textes des grands traités internationaux sur l'environnement, presque alinéa par alinéa, il n'aspire qu'à la poésie. Il connaît des strophes par cœur, et plus ça va, plus il rêve d'autre chose, espère toujours plus vaste que les pourtant indispensables colloques, séminaires, sommets et symposiums, RIM, Grenelle et autres COP.

Le monde sombre mais la vie est courte, surtout la sienne. Le temps passé, le temps perdu, le temps qu'il reste, toutes ces données sont mises à jour en direct dans son disque dur intérieur. La mort, la mort, la mort, alors qu'il entre dans l'été indien de sa vie, il voudrait jusqu'à la dernière heure avoir la force, le courage, le panache, de la voir venir, de la regarder débouler bien en face. Vieillir ?

La morsure est cruelle et il le sent, le venin s'infiltrer dans ses veines. Il le voit, le vent mauvais de la vie qui s'effrite. C'est un fléau qui tue impunément ses amis, éteint à bas bruit la beauté solaire de sa femme. L'apocalypse, voilà ce qui le guette intimement, comment s'en démerder ? Il pense à ralentir, sans y parvenir jamais, jugeant sa mission plus importante que tout le reste. Dans un coin secret de lui-même pourtant, une autre urgence s'éveille depuis quelques semaines. Un instant, un instant seulement, il voudrait pouvoir s'allonger nu, revenir au cœur de sa forêt des Landes. Observer les biches sans bouger d'un millimètre, s'endormir sur la bruyère quand tombe le soir, nager la nuit, la tête sous l'eau, sans souci d'agenda, s'éveiller face à l'éclat de l'aube. Et puis marcher dans la grande forêt de l'enfance, marcher des heures, sans but et sans fin, pieds nus sous la pinède, et poser sa tête ronde de condamné, une dernière fois peut-être, sur une peau douce. Est-ce la raison, la seule, pour laquelle il se trouve sur ce parking ce soir ?

CHAPITRE 11

Vous avez vu *Johnny Guitar* ? attaque monsieur tout à trac. Il y pensait tout à l'heure dans l'avion, c'est un western féministe, ça pourrait lui plaire. Avec sa voix de basse, il prend le ton hollywoodien des voix off des années cinquante, *a story of a woman who lived and loved TOO HARD, and wanted TO MUCH*. À un moment, il raconte, le cow-boy demande à la femme qu'il vient de retrouver après des années, dites-moi quelque chose de gentil. Elle est d'une beauté foudroyante, mais dure, fermée comme une huître. Du tac au tac, elle répond bien sûr, que voulez-vous entendre ? Lui, dites-moi que vous m'avez attendu toutes ces années. Elle, glaciale, je vous ai attendu toutes ces années. Lui, dites-moi que vous seriez morte si je n'étais pas revenu. Elle, métallique, je serais morte si vous n'étiez pas revenu. Lui, dites-moi que vous m'aimez encore comme je vous aime. Elle, marmoréenne, je vous aime encore comme vous m'aimez… J'adore ! Il faut voir le diplomate faire le malin ce soir en plan large, jetant toutes ses forces dans la bataille, tout à la fois anxieux et gai, coincé entre les deux cendriers géants, et bon sang, qu'ont dans la tête les urbanistes payés à prix d'or pour imaginer des objets aussi humiliants ?

À 22 h 12, il sait que leur cinquième rencontre vient de commencer, et ignore évidemment la suite des événements. La fille l'observe faire le mariole. Il est drôle, il est inquiet, il y met une énergie pharaonique qui l'émeut. De son côté monsieur absorbe son sourire et boit son regard comme pour la dernière fois, comme si elle pouvait s'évaporer à peine arrivée, dare-dare et pour toujours. Pourquoi est-ce qu'il la reconnaît, probabilité d'erreur zéro ? Ils pourraient passer des heures, des nuits et même une vie entière à converser, à réfléchir, à s'émouvoir et rire des mêmes bêtises, sans jamais s'ennuyer l'un de l'autre, pourquoi en est-il si sûr ? De loin, il le sait, il a l'air d'un comique, du type tombé dans le piège guettant les hommes dans son genre, prêt à faire des claquettes devant n'importe quelle mignonne, est-ce cela qu'elle s'imagine ? Autre chose se passe, de l'ordre d'un passage de relais à travers le temps, d'un coup il en eut la sensation diffuse, mais elle, que sait-elle ?

La monteuse pourrait répliquer sur le même mode, jouer le jeu du cinéma, mais elle reste silencieuse, interdite. Pourtant, en écho au western, un travelling fameux s'enclenche dans sa tête, elle ne dit rien mais elle voit presque de ses yeux un couple marcher dans une rue parisienne, et elle tend l'oreille pour écouter l'homme dans l'image demander à la femme de lui mentir, de lui dire qu'elle n'est pas triste qu'il parte. La femme a un accent étranger et elle balance d'un bloc, d'un seul souffle et c'est beau comme elle le dit, que non elle n'est pas triste qu'il parte, qu'elle n'est pas amoureuse de lui, qu'elle ne le rejoindra pas au Brésil, qu'elle ne l'embrasse pas tendrement. « Calmos ma vieille, tonne la voix rabat-joie, redescend d'un cran, tu ne vas pas tenir à ce rythme. » Elle se contente de sourire, bécasse, la scène est si embarrassante. Le diplomate voit lui aussi l'ensemble de la situation, mais lui se met à rire, un peu puis carrément, c'est plus fort que lui, ce genre de fou rire imbécile qui vous tombe dessus aux plus mauvais moments, pendant un enterrement c'est sa spécialité, du coup elle rit aussi, et les voilà qui se gondolent, c'est idiot mais l'air devient un peu plus léger. Sont-ils capables, ces deux-là plantés sur le parking, de saisir la texture précise de l'espoir, du rêve ou du mensonge qui les a secrètement menés jusqu'ici ? Tout est flou, nous voilà bien. À l'étrangeté qui sépare leurs corps, à la manière dont la fille cache sa main tremblante dans sa poche, à la façon dont monsieur saisit ses cigarettes, leur gêne saute aux yeux.

La dernière fois qu'ils s'étaient quittés, il y a une semaine, c'était à une heure tardive de la nuit. Dans un effort surhumain, ils s'étaient arrachés au baiser le plus long de l'histoire des baisers, à une étreinte tel un voyage, tendre comme cela n'existe pas dans la vraie vie. Depuis, son souvenir a hanté leurs nuits, des réminiscences excitantes et tendres les ont embrasés dans leur sommeil, chacun ignorant que l'autre était éveillé lui aussi. Ouvrant les yeux dans le noir, monsieur en avait la tête qui tourne, il n'en revenait pas, il savourait sa chance, c'était un cadeau inespéré et c'était merveilleux, il lançait des mercis dans le silence. De son côté la fille fébrile se murmurait des chansons pour prolonger le rêve, s'enfonçait dans un plan séquence soyeux et liquide, tout en pensant que c'était trop fort pour avoir pu exister en vrai.

CHAPITRE 12

Ce soir, la distance règne, la pudeur a repris ses droits. Aucun geste de bonjour, rien d'envisageable physiquement, ni bise ni baiser, ni hug ni couronne. Et voilà que le langage cale aussi, patatras. Alors que les mots font parfois des miracles, tandis qu'avec un peu d'habileté ils pourraient les extirper par le haut, rhabiller de velours la nudité du béton tout autour et arrêter ce vent maudit, faire fleurir d'un coup un milliard de boutons d'or, fabriquer un monde qui sauverait la situation et donc l'univers tout entier, plus rien. Même le diplomate, virtuose de la rhétorique, roi de la belle parole et seigneur des substantifs, même lui est en cale sèche. Il ne rit plus. Silence, néant. On ne devrait pas avoir à parler pour avoir un échange, avait susurré dans un chuintement d'outre-tombe un vieillard à la voix grelottante récemment passé sur le banc de montage de la fille, on ne devrait pas. Mais comment faire autrement ? Le langage est notre damnation, il avait ajouté, nous sommes condamnés par les mots, tout ce qui va mal vient de là.

Alors monsieur tâte nerveusement les poches de sa veste, à droite puis à gauche, trouve son paquet, saisit son briquet, sort une clope, allume une clope, et tout dans ses gestes dit à quel point il est d'un autre temps. Il fume depuis toujours et chaque cellule de son corps est constituée par le tabac. Comment ne pas voir que chaque ride de son visage en porte l'empreinte, comment ne pas noter que ses mains, longues et fines, attrapent la tige de papier au millimètre près, répétition à l'infini du même geste devenu une seconde nature. Comment ne pas entendre que sa voix grave porte l'empreinte de milliers de journées attaquées dès le matin par une bonne petite cigarette ? Pourtant, son odeur n'est pas celle écœurante du vieux tabac froid, comme certains fumeurs grande époque. Son parfum, la fille l'a reconnu dès le lobby, à la première seconde de leurs retrouvailles, non sans trouble. Un genre de fleur d'oranger discrète, un effluve peut-être volé à sa femme et qui lui donne, à lui si masculin, un charme décalé, un genre de tendresse. Le retrouvant, la fille à l'imagination luxuriante se transporte, avec la fleur d'oranger, au cœur d'une maison moelleuse, un genre de boudoir raffiné entre tentures et tapis, un écrin rassurant, coupé du monde et éclairé de bougies, un feu dans la cheminée, et peut-être même quelques pommes dans le four.

Sur le parking ouvert aux vents orange, au milieu des rafales glacées, la longue fille brune en parka bleue replace en vain ses cheveux virevoltants. Puisque l'imagination patine, puisque ni elle ni lui ne sont en état d'assumer un silence trop lourd, elle fait diversion en embrayant paresseusement sur un autre film, circonstances obligent. Une rencontre ouatée dans un no man's land moderne, entre deux avions. L'homme était drôle et désabusé, marié dans un autre pays. La blonde pulpeuse était une étudiante mélancolique récemment épousée par un freluquet. Il était las, elle flottait entre deux vies. Grâce furtive, miracle de l'aléatoire, ils se rencontrent sans dessein et… Vous l'avez vu ? Il l'a vu. Gênée, la fille rebrousse chemin et ment, je ne me souviens pas bien de la suite. Lui a les idées plus claires et des souvenirs qui ne tortillent pas. Il avait adoré, il s'était identifié à mort, lui qui a passé sa vie à prendre des avions, si seulement la même histoire avait pu lui arriver ! Mais il ne trouve pas le ton juste, rien ne coule de source, la conversation est hachée, alors, en deux minutes chrono, il ratisse le scénario à l'os, factuel et plus brutal qu'il l'aurait voulu. Les personnages se rencontrent entre deux voyages, jetlagués dans un hôtel international, ils finissent par s'allonger l'un à côté de l'autre, elle porte une culotte un peu transparente, ils ne se touchent pas. Le matin, il rêve de l'embrasser mais il repart direct, fin de l'histoire. Adieu l'ambiance planante, oubliés les airs jazzy, affaire classée. Allons boire un verre.

ACTE 2 – LE MENSONGE

CHAPITRE 1

Et si, au bout du parking, s'ouvrait une allée d'herbes folles et de crocus, plantée de chaque côté d'arbres en fleurs, genre amandiers, impressions collines du Vercors un soir de mai ? Un petit sentier s'enfonce dans un fouillis d'orties et de genévriers. Ici et là, fichées dans la végétation, scintillent quelques loupiotes. C'est attirant bien sûr, et sans échanger un mot, le diplomate et la monteuse s'y enfoncent. D'abord et comme souvent dans la vie, on ne voit guère où cela mène, et puis on y va. Après un virage, on découvre une gargote éclairée de mille et une bougies, envahie de graminées et décorée de quelques tableaux figurant de vieilles personnes en costume sombre. Le passé est là qui vous regarde gentiment. Les murs et le sol sont en bois brut, de larges planches agencées à la va-vite et une frise ajourée en zinc, courant le long des murs, donnent à l'ensemble un petit air de datcha planquée au bout du monde. On ne sait plus où l'on se trouve, mais l'air est plus tendre, on respire. Un homme les accueille avec un sourire bon. Silhouette à la Giacometti, tablier noir et tatouage sombre à l'arrière du cou, il les invite à s'asseoir, puis s'éclipse avant de revenir poser sur la table deux verres en cristal, des cornichons russes et du vin georgien.

Tout doux ! Tout doux, la bête. Du calme. Il n'y a rien de tout cela à l'autre bout du parking, c'est bien ce qu'il nous semblait. Une bruine bougonne vient assombrir le tableau bétonné, voilà qui tacle ceux qui montent dans les tours. Hors champ, l'allée longeant l'hôtel débouche sur une file tapageuse de cent mille taxis. Le diplomate aime à se figurer en GO du Club Med, en maestro de l'anticipation pragmatique, en virtuose de l'organisation au carré. Tout de go, il annonce joyeusement c'est parfait, pour rentrer chez vous tout à l'heure, vous prendrez votre taxi ici. Son tout à l'heure creuse un peu plus le sol sous leurs pas incertains. Il regrette aussitôt, trop tard. Si tout à l'heure existe, entre-temps que va-t-il bien pouvoir se passer ? La fille se fige imperceptiblement. « Il veut déjà se débarrasser de toi, glapit la voix, tu es poussive, laborieuse, il est déjà fatigué de cette mascarade, comment tu vas faire ? » Ils marchent en silence. Foin de délires champêtres, foin de rêves canailles, plus loin un autre hôtel, un immeuble monumental similaire au premier, s'ouvre à eux. Moquette violette, murs tachés ici et là de signalétiques fluo annonçant avec une exaltation foraine le chemin des toilettes et une soirée créole dans quelques jours. Ils cherchent le bar, errent dans un couloir éclairé de néons violets, le décor provoque un semblant d'hilarité. Le kitsch agit comme un baume, allez savoir pourquoi, le mauvais goût est un réconfort, rien n'est grave sauf la mort, on peut se détendre. Et les voici là, nos deux infiltrés, sans invitation au milieu d'un genre de salon, fauteuils et lustres prune. Une cantine travestie en lounge à l'ambition design, depuis qu'une coach en décoration d'intérieur est venue réchoupiller les lieux moyennant un bon budget. Mauvaise musique, mauvaise lumière, mais un canapé, une table basse, c'est déjà un soulagement.

Ils s'installent en souriant bêtement. La fille s'efforce de ne rien penser mais elle est happée à chaque seconde. Ce n'est pas l'allure de l'endroit, elle s'en fout. Est-ce la clandestinité qui poisse tout ? Elle voudrait être capable de succomber avec légèreté au charme vintage du diplomate, mais tout en elle freine des quatre fers. Le moindre détail, comment il a par exemple très discrètement balayé l'espace du regard pour être sûr de n'y rencontrer personne, tout lui rappelle les circonstances salissantes, tout exacerbe l'ordre social auquel elle voudrait échapper ce soir, tout lui dit tu n'as pas le droit d'être là. Elle dans ce rôle ? Elle en petite maîtresse calculatrice qui vient faire des claquettes en loucedé devant un éventuel amant, est-ce vraiment le mauvais scénario qu'elle est en train de vivre ? « Dis donc la drama queen, c'est beau ta liberté, c'est grand, persifle la voix. C'est si grave que ça ? Quel danger exact te menace, au point d'avoir l'impression de jouer ta vie ici ce soir, à part la morale bourgeoise, à part ton orgueil ? Tu t'affoles au lieu d'être émoustillée, beau travail. »

Être venue jusqu'ici en douce, piétiner et trahir pour la première fois celui qui est son mari depuis dix-huit ans, alors qu'elle voudrait le mettre à l'abri de sa propre bêtise, c'est ça son problème ? Ou bien plutôt, et cette fois-ci plus sérieusement, piétiner et trahir ici la seule chose qui la structure, son talisman depuis l'enfance, son secret ringard et sacré, la trop haute idée qu'elle se fait de l'amour quel que soit son objet, et qu'elle prend ici le risque inconsidéré de dévoyer aussi minablement ? Bref, elle a soif, disons plus exactement qu'elle a besoin d'un ratafia décontractant, n'importe lequel. Le diplomate n'a rien avalé depuis Londres, il a faim. Il prend ses loupes de presbyte dans la poche intérieure de sa veste, les pose machinalement sur son nez, se prend au passage dix ans de plus et se met à étudier le menu. La typo se hausse du col, les plats se donnent de grands airs. Après le lapin chasseur à la gersoise et sa purée à la truffe noire du Périgord aux deux poivres, après la langouste rose de Mauritanie sur son lit d'émincé de poireaux au lait de coco, piments des îles et croustillant d'ananas, ces messieurs-dames épanouis et joviaux pourront, en guise de feu d'artifice, envisager à leur guise une ronde des fromages, une farandole de desserts, un chariot de mignardises, une cavalcade de liqueurs. En d'autres circonstances, la fille trouverait là matière à rigolade. En secret, monsieur ne plaisante pas et guigne le canard à l'orange grande tradition, son coulant de miel du maquis et ses bouchées de pommes en gaufrettes, mais il n'ose pas, trop compliqué, peur de déplaire. Pour lui aussi c'est une soirée qui compte triple, autant limiter les impairs. Les intrus passent prudemment commande d'un saint-julien et de trois bricoles à grignoter. Monsieur est content, joyeux peut-être, comme dans une vieille chanson.

CHAPITRE 2

Vous êtes belle. Je vous gêne, vous n'aimez pas qu'on vous le dise ? La monteuse se tait mais bien sûr qu'elle aime. Elle adore. C'est fou comme elle aime. Et même, à cet instant, elle voudrait qu'il soit subjugué, qu'il soit irradié, qu'il soit fou d'elle comme jamais il n'a été fou de personne. Soudain c'est un désir aussi irrépressible que désespéré, lui plaire, lui plaire, lui plaire, et par là sauver la situation, sauver l'amour et puis le sauver d'être vieux, le sauver de la mort, le sauver de tout. « Dis donc Superwoman, l'amour, la mort, ça sera tout ? pouffe la voix. Descends de ton char. » Le diplomate sourit et puis, embarqué dans un élan incontrôlé, maladroit, il pose sa main assez haut sur la cuisse de la fille, trop haut, trop fort, trop brusque. Étonné par sa propre audace mais pris dans le mouvement, il se penche pour l'embrasser, un peu, encore, plus. Surprise, elle se raidit, recule d'abord son visage, avant de se laisser faire. Parce que c'est une fille et qu'elle a grandi dans un monde où elles doivent consentir en toutes circonstances ? Non. Parce que c'est bon, c'est doux.

Et lui ? Se retrouver dans cette situation, être l'homme qui vit cette scène pour de bon, cœur à dix mille tours, lui si sage et si marié, si père de famille, plutôt distancié d'ordinaire, comment est-ce arrivé au juste ? Est-ce qu'on a mené une vie entière droit dans ses bottes, des années d'un labeur digne et de bonne tenue en toute tempête, pour se retrouver au soir de sa vie vautré sur le canapé d'une mauvaise série télé ? Est-ce qu'on a été un homme de devoir corseté par les obligations, est-ce qu'on a passé des décennies sans reprendre son souffle, s'accordant trop peu de temps pour relire dans le silence de la nuit les mêmes passages des mêmes lettres de Napoléon à Joséphine, les mêmes vers baroques et tragiques de Gérard de Nerval, pour se retrouver à faire le guignol sous les néons, acteur d'une bouffonnerie de bas étage, pris si banalement dans une intrigue usée jusqu'à la corde ?

Jamais elle ne l'avouerait, même sous la torture. Elle aime leurs baisers. Parce que le sien est enfoui dans les profondeurs, pour des raisons obscures et ancestrales qu'elle devra bien élucider un jour mais pas maintenant, elle cède à son désir à lui. C'est un feu qui la réchauffe et vient attiser le sien. Le diplomate pense mon vieux, ici tout est si laid et si embarrassant, si tu descends de cheval un quart de seconde, tu te retrouveras cul par-dessus tête au fond d'un théâtre de boulevard poussiéreux, tout mais pas ça. Ici la poésie s'arrache aux lustres mauves, suivre sa route est un sacerdoce, vouloir convoquer la grâce un chemin de croix, il faudrait s'acharner. Dans l'affreux lounge du club VIP, n'importe quelle déclaration un peu sincère, n'importe quel vers un peu poignant, n'importe quelle envolée un peu lyrique, et au fond n'importe quelle forme de tendresse, tout sonne faux. Il voudrait être le chevalier Bayard, il pense encore, ici c'est un décor de téléréalité, voilà à quoi ressemble la vie moderne, voilà dans quel cadre foireux tu es condamné à claudiquer, alors oublie.

Mais voilà, le sauveur de l'univers est un pays balayé par les vents contraires, de loin tout a l'air parfaitement rationnel, mais au-dedans c'est un capharnaüm, et dès qu'il baisse la garde, le tumulte règne en maître. Mettre le genou à terre, s'avouer vaincu au premier obstacle, céder face aux limites toujours cuisantes du réel ? Ce n'est pas sa came. Voilà qu'il se rebiffe. Tout en l'embrassant encore, il pense qu'il va arracher la moquette à mains nues, défoncer le sol au marteau-piqueur, creuser et puis creuser encore jusqu'à trouver un puits. Il pourra alors saisir l'eau de source à pleines mains, y tremper son visage, laver tout et rafraîchir la Petite. Il y plongera ses bras et ses jambes pour affermir sa volonté, trouver la force de trouer le décor du Truman Show.

Le baiser n'en finit plus. Elle s'y abandonne, il s'engouffre sous la surface de l'eau, passe porte après porte. Tu vas fracasser les tables bancales et les chaises au design boursouflé, il continue malgré lui, tu vas former avec les barreaux un tas de bois bien haut et y mettre le feu, les flammes monteront et, tout d'un coup, nous nous trouverons en pleine nuit au cœur d'une clairière, au centre d'un cercle sacré formé par des érables. La fraîcheur du soir se posera sur nos épaules, la chaleur du feu illuminera nos visages, on sera beaux comme c'est impossible d'être beau ici, parce que la lumière blanche fouille vos entrailles telle la lampe d'un policier le visage d'un junky. Là-bas, serrés l'un contre l'autre au bord du feu, on se réchauffera. Devant la danse des flammes, on s'en remettra à plus grand et plus fort que nous, on s'embrassera doucement, tout doucement, encore plus doucement, et tout sera sauvé. Blottis sur la bruyère, nimbés d'une aura céleste, nous serons rendus innocents par la nuit.

Non, non. La vérité, c'est que monsieur est démuni, privé de ses habits sociaux usuels, costumes de bonne facture, langage châtié, citations choisies et références historiques, habitudes prises dans des lieux rutilants qui finissent par vous structurer jusque dans le maintien du corps, jusqu'à tenir collées l'une à l'autre chacune de vos vertèbres, de la base du crâne jusqu'au sacrum. Au cœur de la sauvagerie policée du siècle neuf, en pleine vacuité marketing, entre deux panneaux de lamellé-collé affublés de palmiers de couleur prune, il n'y a plus rien de civilisé. Alors de guerre lasse, sans crier gare et avec une familiarité brusque, impensable entre ces deux-là jusqu'alors, il s'arrache au baiser, bascule en avant et pose son front sur les genoux de la fille. Vaincu.

Elle s'immobilise. Une hache lui fend le cœur, ce geste la bouleverse plus que tous ceux qui pourraient advenir. Elle n'ose pas bouger, pas d'un millimètre, alors même que le mouvement le plus naturel, le plus spontané, le plus généreux, serait de poser sa main fraîche sur le crâne de cet homme qui s'abandonne peut-être, elle le pressent, elle en est sûre, pour la première fois de son existence. Le voilà qui capitule face à la vulgarité du réel, face au tragique du monde tel qu'il va, face à la banalité des représentations qui écrasent de leurs épaisses semelles un éblouissement qu'il voudrait encore, qui sait, pouvoir vivre une dernière fois. Lui si fort en toutes circonstances, viril un jour, viril toujours ! Lui, qui a toujours joué à la perfection l'impeccable partition du mari infaillible, du père comme un roc, de l'ami au solide bon sens, du grand-père toujours de bon conseil ? Démuni. De quel droit sacrilège serait-elle autorisée à caresser doucement ses cheveux blancs, en vertu de quelle transgression antique, au nom de quelle inversion des rôles et des âges, comment pourrait-elle être cette fille d'une génération de moins qui oserait faire ce geste tendre que lui dictent pourtant son cœur et son désir ? « Te voilà avec un vieux sur les genoux, s'esclaffe la voix toujours délicate, un type qui pourrait être ton père, solide et beau comme un père, un genre de tragédie incestueuse à la con, un petit transfert bien confortable, et même cette histoire antique tu ne la vivras pas. » Ferme-la. Une vie d'homme, c'est quoi ? La question est incongrue, elle est bizarre mais elle est béante, elle lui vient telle quelle, de but en blanc comme dans un film mal monté, lui coupant le souffle. La voilà totalement intimidée par l'immensité du mystère posé sur ses genoux, position inconvenante s'il en est dans ce qu'il faut bien appeler, malgré tout, un restaurant.

CHAPITRE 3

À quoi ça tient, le mystère d'un corps qui dit j'ai vécu, le secret d'un visage ? Que reste-t-il de possiblement vivant pour un homme de cet âge, dont l'imagination est nécessairement feuilletée par l'épaisseur des souvenirs et des habitudes, la mémoire enrichie du livre épais comme dix bottins de toutes les vies vécues, le cœur saturé de sentiments pour sa femme, ses enfants, ses amis, ceux avec lesquels il a tout partagé, les bons jours et les mauvais, la pluie et le beau temps, et puis toutes les saisons les unes après les autres, dix fois, vingt fois, trente fois, cinquante fois ? Et si c'était cette question, ce mystère insondable et celui-là seul, qui attirait la grande fille brune en la pulvérisant, elle qui se demande à l'infini ce qu'elle fabrique sur ce canapé avec un diplomate bientôt au bout de sa vie ? Qu'est-ce qu'un homme arrivé au bout de sa route ou presque, un homme se demandant s'il n'a pas tout raté, et qui pense, pour la première fois, front posé sur des genoux étrangers, peut-être n'ai-je vécu qu'à la surface des choses ? Le diplomate réalise soudain, avec une acuité cruelle, qu'il a fui dans l'agitation permanente, trahissant ses élans adolescents, les seuls qui valent pourtant quelque chose. Il a rompu son vœu de devenir poète à 17 ans, il a révoqué rageusement la philosophie pour laquelle il aurait tout donné à 20 ans. Il a ignoré l'appel profond de l'aigue-marine, pour ne pas s'y noyer peut-être, plus sûrement pour se jeter dans le feu de la vie sociale, est-ce que c'était absurde ?

Il ferme les yeux. L'action lui avait paru plus utile pour le monde. En s'engageant concrètement, manches relevées, il avait cru pouvoir justifier son existence. Ainsi avait-il tenté de rester loyal à son père, mais, avec le temps, qu'aurait-il vraiment voulu pour son fils ? Instituteur du côté d'Arcachon, ce père à l'ancienne, catho de gauche les mains dans le cambouis de l'enseignement rural, lui avait fait jurer, à lui, l'aîné brillant et solaire, le fils préféré : « Promets-moi une chose mon fils, une seule. Tu œuvreras pour le bien commun, le reste n'a aucune importance. » Un mois plus tard, cet homme adulé mourait trop jeune d'une attaque cérébrale. Le petit avait 13 ans, 13 ans seulement, le bien commun était alors une notion assez obscure, mais pour montrer comme il était solide, comme il devenait d'un coup un homme un vrai, sur lequel pourrait désormais toujours compter sa famille orpheline, dès le retour du cimetière, il s'était mis à fumer crânement et pour toujours. Un peu plus tard, il s'était arraché à toute forme de rêverie pour préparer l'ENA aux forceps. D'abord il avait travaillé scolairement, secrètement écœuré d'être si soumis, et puis, parce qu'il est curieux de tout, il s'était pris au jeu. Entré ric-rac dans la grande école pompeuse, il en était sorti dans les quinze premiers rangs. Le reste du chemin s'était déployé naturellement. Longtemps, parce qu'il est orgueilleux, il avait cru mener sa vie en homme libre. Mais au fond, il se le formulait pour la première fois aussi durement ce soir, la tête encore sur les genoux de la fille, à force de loyauté, pour ne rien trahir, il n'avait rien choisi. Tout ça pour quoi ?

Malgré son sacrifice, il avait vu de ses yeux le monde sombrer et il s'était coupé de sa part la plus sensible, la plus vibrante, la plus créative. Celle qui le tenait éveillé toutes les nuits ou presque depuis des décennies d'insomnie. Homme sans sommeil, il passait des heures nocturnes et solitaires le nez plongé dans les romans et la poésie, en secret, histoire de ne pas mourir asphyxié. Était-ce possible que ce ne fût que tragiquement cela, la vie entière d'un homme, menée des années durant comme on barre un navire sur les flots agités du hasard et de la nécessité, une trajectoire négociée avec Dieu sait quelle énergie, quelle volonté et quel acharnement, un cap maintenu envers et contre tout et qui soudain, d'un seul coup mais trop tard, s'éclairait tout à fait autrement ? Au moment où il pourrait se sentir fort du voyage accompli, fier du cap toujours maintenu et droit dans ses bottes, voilà qu'il se trouvait défait et perdu, attiré vers un impossible ailleurs. Jusqu'à venir, une certaine nuit au beau milieu d'un certain restaurant, déposer les armes aux pieds d'une presque inconnue.

Un serveur endimanché arrive avec son plateau, interrompant l'interlude. Il est jeune, il est malhabile, il est zélé. Mains épaisses briquées impeccables, il s'applique à faire chic, standing oblige. Plans serrés sur sa façon raide de tenir son plateau, doigts excessivement écartés et jointures blanches, sur sa manière de plier légèrement les genoux en posant chaque verre sur la table, sur ses précautions démonstratives. Rien n'échappe à la monteuse, qui l'observe maintenant disposer laborieusement deux serviettes en papier pour les agencer symétriquement sur la table, en rectifier en vrai lourdingue la position au millimètre près, déplacer les verres pour parfaire un tableau à la géométrie vaine. Chacun de ses gestes trahit l'effort contraint, la violence rentrée, et sa répugnance pour le petit personnage servile qu'il incarne avec ferveur. Un prénom est inscrit sur son badge de service, Ali. Hum, le diplomate se rassoit. Ali a la pupille dilatée et il sert le saint-julien au ralenti, exagérant son souci de ne rien tacher en se mordant la lèvre inférieure.

Monsieur goûte le nectar, hoche la tête avec gravité, joue les connaisseurs et murmure d'une voix grave et posée contrastant avec son abandon une seconde plus tôt, il est bien, il est très bien, mais il faut qu'il respire un peu. Le garçon obséquieux et agressif marque une légère et pénible révérence, tel un manant devant une divinité de passage, et tourne prestement les talons.

Monsieur se demande tout haut ce qui se passe de si contrariant dans la vie de ce jeune homme pour qu'il soit dans un état pareil. Émue encore par la tendresse de leur baiser, intimidée par l'irruption de la douceur, mais ravie de masquer son trouble, la fille en profite pour raconter l'histoire d'un gosse rêveur, d'un gamin grandi dans les villes bétonnées des alentours, qui n'avait jamais eu pour ambition de se retrouver scotché ici toutes les nuits pour un smic, habillé en pingouin, chemise et plateau de larbin, au service de gens pas toujours agréables. Des gens, soit dit en passant, qu'il trouve un peu bizarres, surtout quand il vient de fumer en douce un bon petit joint sur le parking. Le fils d'instit s'emballe, selon lui il n'y a pas de travail petit, l'idée qu'il y aurait les métiers nobles d'un côté et les pourris de l'autre le révolte, il en sait quelque chose. Les coulisses de la diplomatie sont parfois débectantes, il pourrait en dire long sur ces gens qui se pavanent sur les plateaux de télé. Il a repris tout le sérieux dont il est capable, sans transition, à sec. Avec le temps, c'est devenu une seconde nature, il est capable de changer de ton en un quart de seconde. Quand il ajoute que le travail, sauf bien sûr dans les cas d'esclavagisme patent contre lesquels il faut toujours se battre, il n'y a souvent que des manières de l'envisager, la fille rit en pensant qu'il est du bon côté du manche. Regardez, poursuit-il, ravi d'échapper à ses propres leçons, nos métiers sont complétement différents, on pourrait les mener de mille et une manières… Sans compter que parfois, au moment où l'on n'en attend plus rien ou presque, par le plus fou des hasards, ils nous réservent aussi d'heureuses surprises. La preuve.

CHAPITRE 4

La première rencontre entre eux deux, c'était à l'occasion de ce qu'il est convenu d'appeler un rendez-vous de boulot. Ce n'est pas vieux, c'est même encore tout frais. Il y a deux mois et onze jours, préciserait le diplomate en maître des horloges. C'était au cours d'une réunion préparatoire au tournage d'un film décortiquant un grand scandale écologique qui avait secoué la Vᵉ République. Une sombre histoire de pollution sciemment orchestrée par les industriels et les politiques d'alors, causant des centaines de milliers de morts et de handicapés répartis sur deux générations, éventrant des villages, hantant des familles entières aujourd'hui encore. Le diplomate et son précieux témoignage serviraient de fil rouge narratif. Lui-même ignorait à vrai dire s'il fallait parler d'un reportage ou d'une enquête pour nommer ce qui sera au final une alternance d'interviews filmées en situation et d'images d'archives. À entendre le réalisateur dont la tête avait la forme d'un melon, c'était plus ambitieux tu vois, davantage dans le registre du documentaire d'auteur destiné au cinéma que du vulgaire prime time. Bref. Le producteur du machin, dont le budget conséquent disait l'ampleur de la pression pesant sur son méga-projet mondial, avait tenu à faire les choses bien, en organisant avant le début du tournage une première réunion décontractée entre le personnage principal du film et l'équipe technique. Ce matin-là autour d'un café, une prise de contact informelle avait réuni les protagonistes du schmilblick dans l'open-space d'une société de production d'un quartier pseudo-cool de la ville. Murs en brique façon loft new-yorkais, luminaires industriels, grande table de travail, canapé et baby-foot super sympa, et la fille ricanait in petto, s'imaginant dans ce décor en personnage de sitcom des années 90. Parmi la dizaine de personnes présentes pour ce premier briefing, chacun une feuille de route sous le nez et un crayon pour prendre des notes, le diplomate était assis face à la monteuse.

Ce n'est pas si loin, pourtant le souvenir est mal imprimé. Est-ce parce qu'il s'était empressé de passer sur son trouble en croisant son regard à elle, plan légèrement ralenti sur ses yeux en amande, slow motion sur sa bouche parfaitement dessinée ? Il n'avait voulu voir dans cette longue fille brune qu'une chef monteuse compétente, co-réalisatrice du film et chevronnée comme le reste de la troupe. De son côté, elle l'avait catalogué direct dans la rubrique homme-d'un-certain-âge, tout en notant chez lui un je-ne-sais-quoi de fantaisie sous le vernis d'une civilité légèrement désuète. Un imperceptible décalage, rien de plus. Dans ces circonstances, elle jouait les filles à l'aise, bataillant en secret contre un reste de timidité ancienne. Caparaçonnée mais remarquant tout, et par exemple comment cet homme, dont le parcours impressionnait l'assemblée volontiers cire-pompes, portait ce matin-là sur sa veste de costume gris clair un foulard rouge noué à la diable, et comment ce détail presque féminin lui donnait un genre de grâce. L'étoffe était tissée de fils d'or, elle devinait ici où là dans les replis soyeux quelques dessins de fleurs raffinées. Close-up sur ses mains fines, l'alliance en or sur celle de gauche. Close-up sur un poignet ceint d'une montre en métal lambda et de quatre bracelets brésiliens, fils de coton bleu, rouge, vert et jaune dépassant à peine de sa manche. Avait-il fait un vœu qui se réalisera avec l'usure, quand les liens se déferaient ? Quel vœu ? Que souhaite encore un homme du passé, quel désir inassouvi ? La pensée l'avait traversée.

À la fin de la réunion, ils s'étaient salués avec sympathie, et s'il avait planté ses yeux dans les siens à la manière de banderilles, c'est parce qu'il ne savait pas saluer autrement, les hommes comme les femmes. Elle se souvenait d'une fermeté de bon aloi, une poignée de main tonique, point final. Une fois dehors, le diplomate avait pensé que cette jolie fille semblait avoir la tête solidement arrimée sur les épaules, tout comme le producteur, et pour lui qui avait longuement hésité avant d'accepter de participer à ce film, c'était plutôt rassurant. Mais en y repensant, au moment même d'allumer une cigarette dehors sur le trottoir, il avait été saisi par une émotion diffuse, souterraine et furtive, qu'il n'avait absolument pas ressentie lors de la réunion. Et puis, pour des raisons techniques liées au tournage imminent, raisons qui apparaîtraient a posteriori comme des prétextes, parce qu'il voulait se caler sur cent mille détails afin d'entamer cette collaboration du meilleur pied possible, quelques jours plus tard, le diplomate l'avait rappelée.

La monteuse ne serait pas présente sur les tournages, mais il avait mille questions à lui poser, convaincu que tout se décide lors du montage, désireux de ne pas se louper. Il fallait se revoir au calme avant le premier coup de caméra. Pour travailler dans un cadre agréable, il avait proposé dans une circonlocution outrée, surpris lui-même par son trouble et masquant sa soudaine timidité sous un genre de second degré incompréhensible pour son interlocutrice, si toutefois madame pouvait trouver cette disponibilité dans son emploi du temps, pourquoi pas un dîner ? Se voir pourquoi pas, mais un dîner quelle drôle d'idée, avait pensé la fille, gênée au passage qu'il l'appelle madame. Un dîner, c'est pas un peu suspect ? S'il avait eu un autre pedigree, s'il avait été plus jeune par exemple, ou plus familier de son monde professionnel, elle aurait refusé tout net, prétextant n'importe quel empêchement. Ses soirées lui appartiennent, pas question de les flamber pour rien. Le travail pour lequel elle mérite son salaire occupe 90 % de son espace de cerveau disponible, c'est déjà beaucoup trop. Le small talk et les salamalecs, peut-être le petit plan séduction qui se profile pour combler l'ennui et se distraire de la vacuité de l'instant, vraiment non. Et puis c'est long, un dîner de travail, entrée-plat-dessert-café, les blancs qu'il faut combler, au secours. Mais. Peut-être que pour cette génération du monde des affaires d'avant, dont l'agenda est rempli comme un œuf, peut-être, avait-elle pensé aussitôt, que dîner avec une inconnue dans un but bien précis, c'était quelque chose de naturel, de pratique ? Peut-être que, avec une telle différence d'âge, le sous-texte ambigu d'une soirée entre un homme et une femme, la charge souterraine bien connue d'une telle proposition, étaient totalement désactivés ?

Elle n'avait pas les codes, mais contrairement à lui, elle craignait de s'ennuyer. Normal, les détails à régler pour le film n'allaient pas suffire à meubler le temps, qu'allaient-ils bien pouvoir se raconter ? Ni le même passé, ni le même avenir, ils n'avaient rien en commun. Tant pis, tant mieux ? « Bravo pour la curiosité, l'enthousiasme et l'allant, l'aventurière, avait cinglé la voix. Vois, regarde-la bien en face, ta frilosité devant les hasards de la vie. Avoir encore la sauvagerie comme réflexe premier, la tentation permanente du repli, cette timidité frisant le ridicule passé 20 ans, et si tu jouais une autre partition, pour une fois ? » Elle avait aussi noté au passage que, à la place du diplomate, aucune femme n'oserait procéder de la sorte, imposant ainsi son timing, cash mine de rien. Bref, elle s'était sentie piégée et n'avait pas osé dire non. Il avait choisi la date, il avait choisi l'heure et le lieu, il avait choisi tout en surjouant la courtoisie, camouflant sa crainte d'un refus sous un tapis de breloques. Cela n'avait pas échappé à la monteuse. Même si les mots employés par l'homme au foulard rouge, excessivement tarabiscotés sous le coup de l'emballement, lui faisaient aussitôt regretter sa faiblesse d'avoir capitulé. Si toutefois les augures sont bons, si par le plus grand des hasards cela pouvait avoir l'heur de convenir à madame… Arguant dans la foulée, à vrai dire ça m'arrangerait, car je n'ai pas dix mille propositions à vous faire hélas, mon emploi du temps déborde de partout. Elle avait cédé sur tout, et d'abord sur le lieu, une adresse lambda à l'autre bout de Paris, côté Invalides. Ce serait leur deuxième rencontre.

CHAPITRE 5

À dire vrai, s'ils se trouvaient tous les deux réunis ce soir dans l'affreux salon prune d'un hôtel d'aéroport, cela n'arrivait pas complètement par hasard. Malgré leur confusion, c'était sans doute la suite logique de ce fameux dîner. Il s'était tenu un jeudi de février. Les vents orange soufflaient depuis quelques semaines déjà, mais ce soir-là une pluie drue et glacée s'invitait au tableau. En arrivant, pile à l'heure convenue, la monteuse comprit son erreur. Au téléphone elle n'avait pas posé de questions, elle s'était imaginé débarquer dans une brasserie lambda et n'en parlons plus. Mais avec sa parka bleue et ses boucles dégoulinantes, elle se trouvait ce soir devant la grille d'un bâtiment officiel, une dépendance du ministère des Affaires étrangères. Des bureaux ? Drôle d'endroit pour un dîner. Il aurait au moins pu prévenir. Dans le grand hall désert, elle annonça le nom de son rendez-vous à l'assesseur qui vérifia son identité avant de la prier de bien vouloir se rendre au huitième étage à droite par l'ascenseur.

Elle eut l'impression désagréable d'un piège. Un texto s'afficha aussitôt sur son téléphone, le diplomate était navré, il avait dix, onze minutes de retard, mais une table était réservée à son nom, planquée à l'angle gauche de la verrière, derrière l'arbuste en pot, vous trouverez aisément.

Le huitième étage abritait un bar discret, ambiance moelleuse de yacht club, ainsi qu'une salle à manger feutrée. Des lieux hors du temps réservés aux diplomates en goguette, chargés d'ambassades de passage à Paris, consuls et coopérants accrochés aux avantages, privilèges et facilités de leurs fonctions, pour ne pas dire aux chaleureuses gamelles de la République. Dans un coin, quelques hommes assez jeunes jouissaient d'en être en costard-cravate, complotant debout, un whisky sec à la main pour faire viril. Crispée, la monteuse trouva la table aisément, agacée de ne pas avoir été prévenue de la nature du lieu, contrariée de l'attendre. Dix minutes plus tard exactement, il débarquait en trombe, le cheveu ruisselant, toc toc badaboum à la Belmondo, grand sourire joyeux sous un tapis d'excuses disproportionnées. Il était affublé d'un drôle de blouson kaki genre motard, plus court que sa veste de costume, qui lui donnait l'air louche d'un type qui cherche à se rajeunir sans trop savoir comment s'y prendre. Il avait salué la serveuse par son prénom avant de s'installer, s'était épongé le crâne sans façon avec la serviette de table, et la monteuse avait tout de suite vu combien ce geste n'était raccord ni avec le décor un rien corseté, ni avec les mots tarabiscotés qu'il venait consciencieusement d'aligner pour se faire pardonner à la fois le lieu du rendez-vous, tellement pratique pour lui, son retard, et redire trop courtoisement sa grande joie d'avoir l'honneur et la chance de dîner avec elle ce soir. Il s'était frotté les mains en faisant mine de jeter un œil sur la courte carte qu'il connaissait pourtant par cœur, surjouant l'enthousiasme, il mourait de faim, pas vous ? Soudainement intimidée, la fille commanda par flemme la même chose que lui. Dès le début, ils avaient élaboré un plan d'attaque sérieux pour aborder le tournage du film de manière efficace. Ils étaient pragmatiques. Chacun connaissait sa partition sur le bout des doigts. Malgré leurs différences sur le fond comme sur la forme, ils avaient le même souci scrupuleux de bien faire, le même sens du détail et de l'organisation, et savaient aussi bien l'un que l'autre, dans le travail, prendre des décisions sans tergiverser. Ce fut la première surprise.

La monteuse avait tenu à se montrer pédagogique, tout en lui signifiant au passage qu'elle avait de la bouteille et connaissait bien son affaire. Elle lui expliqua diverses choses techniques, et par exemple l'importance des détails lors des raccords. Normalement la scripte le lui rappellera à chaque fois, mais il faudra tendre l'oreille.

Trop souvent, elle se retrouvait au final avec des rushs importants mais impossibles à monter dans la continuité à cause de ce genre de bêtises, c'était dommage. S'il porte une certaine tenue pour parler d'un thème précis, mettons celui de la séquence 14 sur ce qu'il reste des forêts dans la fameuse région vermoulue dont il était question, et prenons l'exemple d'un foulard rouge, alors il devra le remettre à nouveau si la même conversation se poursuit sur ce même thème un autre jour et dans un autre lieu pour varier le cadre. Sinon tout sera bon à mettre à la poubelle. Capito ! avait-il lancé comme un gamin, un peu vexé cependant d'être pris pour un débutant. Très vite, elle s'était rendu compte que ses précisions étaient inutiles, il était parfaitement roué à l'exercice miné de la parole publique, bien plus qu'elle ne l'avait cru. Ils s'étaient alors aventurés sur d'autres sentiers, avec la discrétion et la délicatesse qui siéent à une prise de contact. Chacun vaguement curieux de l'autre, les deux marchant sur des œufs.

Pas à pas, ils avaient mesuré la faille sismique, spatiale et temporelle, qui les séparait. Le contraste entre leurs existences était tel qu'ils en perçurent très vite les contours. La topographie de leurs mondes respectifs s'esquissait pour la première fois au fil de la soirée, dévoilant des continents disjoints et quelques îles communes, les mers dévorant la plus grande surface de la carte. Vous aimez le bordeaux ? Ils avaient bu modérément. Saumon mariné ? Ils avaient dîné léger, bourgeois. Le décor ouaté du restaurant du ministère et l'impression suffocante d'une alcôve coupée du monde ordinaire de la piétaille étaient passés en second plan. Une conversation plus fluide qu'envisagée, menée avec savoir-faire par le diplomate curieux et attentif, peu à peu désencombré de sa gangue, s'ébrouait presque naturellement. Travail, engagement, vie familiale vite fait, vous êtes mariée ?

Elle avait fait semblant de trouver naturelle cette question qui la gênait pourtant, comme tout ce qui l'approchait de trop près. Était-on obligé d'en passer par là ? Elle avait bravement fait l'effort d'égrainer des mots véridiques sur son statut social, qui sonnaient pourtant à ses propres oreilles comme une mystification. Le mari médecin, son cabinet en ville et ses gardes à l'hôpital, une vie dédiée à soigner les autres, une fatigue permanente et un enthousiasme intact, et la bizarrerie que c'était pour elle qui détestait la moindre piqûre, fuyait les consultations, refusait les check-up. Des enfants ? Vous êtes de la police ? elle avait rétorqué du tac au tac avec un sourire agressif, avant de faire volte-face, rattrapée par la culpabilité, et d'avouer du bout des lèvres comme au commissariat un fils, un collégien qui refusait depuis longtemps de lui donner la main dans la rue. Pour montrer sa bonne volonté et planquer sa réticence, dans un excès de zèle, elle avait ajouté avec une maladresse triviale comment celui-ci lui avait récemment demandé un déodorant, et raconté son trouble de vivre au jour le jour auprès d'un être mutant en train de devenir un homme. Ses mains s'étaient mises à trembler, elle les avait glissées sous la table. Elle craignait quoi au juste ? Lui, marié, pas marié ? Elle n'avait pas renvoyé la question. Pas envie de singer une curiosité imaginaire, à quoi bon ? L'alliance qu'il portait à la main gauche, depuis toujours semblait-il et sans qu'il y porte aucune espèce attention, avait parlé d'elle-même. Rien de surprenant d'ailleurs, en tout cas, rien qui l'intéressait. Un dialogue aux tons pastel s'engagea, vaguement suranné et pas si désagréable en vérité, puisqu'il fut aussi bien question de Johnny Hallyday que de René Char, des joies de la navigation comme de celles de la sieste, enroulé dans une couette quand la pluie d'automne tambourine sur les toits de zinc. Le décor, la scène, les dialogues, tout aurait pu sonner faux, convenu, pénible, et pourtant non. Tout avait été parfait.

Monsieur ne trichait pas. Il était drôle, tour à tour léger et profond. Légèrement anxieux pourtant, et ce vacillement sur le fond, ouvert aux quatre vents, le rendait sympathique. Il observait la fille avec infiniment d'égards, en lui laissant le champ libre, tout le temps. La possibilité de s'enfuir comme de dire des bêtises, celle de mentir, d'être banale comme de lancer une blague idiote, il l'accueillait tout entière. Pour elle, c'était inédit et presque joyeux, le champ étriqué de la situation s'ouvrait sur une clairière plus vaste, ses contradictions pouvaient se déployer sans qu'il s'en offusque semblait-il, ni même ne songe un instant à lui en faire le reproche. Une liberté rare, inattendue. Baisser enfin la garde ? Elle s'était légèrement adoucie. Et puis quelque chose survint chez lui, qui la troubla plus que de raison, un rire. Un rire soudain, au détour d'une phrase oubliée, un rire comme une éclaircie, un rire dont la raison s'était évaporée, un rire ouvrant une brèche dans le temps, dévoilant quelqu'un d'autre. Un petit garçon avait fait irruption tout à trac, 10 ans à tout casser. La fille avait tout vu, sidérée, une image insolente superposée sur le visage grave de monsieur, comme cela se produisait parfois sur son banc de montage. Deux images fondues l'une sur l'autre et qui, au lieu de brouiller les choses, permettaient au contraire de les discerner avec plus d'acuité. Un visage marqué, un rien solennel en toile de fond, augmenté de celui d'un enfant drôle et bon camarade, potache et blagueur, anxieux comme on sait l'être à cet âge, cachant sous sa joie de vivre une solitude de toujours, comme seule l'enfance en fabrique. Ce fut la deuxième surprise.

CHAPITRE 6

Soucieuse de savoir à qui elle avait affaire, ce fameux soir de leur deuxième rencontre au huitième étage du ministère, piquée par la curiosité, elle étouffa en elle la voix qui hurlait de rire face à tant de platitude, et osa demander vous êtes catholique ou quoi, vous croyez en Dieu ? Interrogation foireuse en temps ordinaire, ici motivée par un intérêt réel. D'où provenait l'engagement frondeur du diplomate, le sens du devoir qui pesait si lourdement sur sa vie et dont il allait être largement question dans le film ? Quelle était la source de l'énergie déployée pour ses combats et ses chantiers ouverts, de sa niaque pour repriser le monde, depuis toujours et jusqu'à aujourd'hui ? D'où parlait-il, cet homme curieux, l'enfance en bandoulière, dont l'intuition provocatrice et les saillies spontanées sonnaient un peu voyou, tant elles jouxtaient un vocabulaire à l'ancienne, une culture aussi classique que la galerie des Glaces, aussi française qu'un mobilier Empire, façonnée de son propre aveu loin de la facétie, en pension chez les jésuites ? Dieu, donc ?

La question lui cassait les pieds, mais il n'en montra rien, courtois un jour, courtois toujours. Surtout avec cette fille. Elle ne ressemblait à personne, il lui trouvait une grâce dans le port de tête qui lui rappelait un tableau, lequel ? Il chercherait plus tard. Et cette bouche qu'elle avait, et puis ce voile posé sur elle, sa pureté obscurcie, il ressentait des choses confuses, mais pas le temps de s'attarder, il fallait répondre. Catholique, c'est ma culture, chère mademoiselle, enfin plutôt madame. En attendant les décaféinés bon teint, il se mit à évoquer l'amour sous toutes ses formes, celui des amants flamboyants et blessés, celui des parents imparfaits, des frères et sœurs contrariés, l'amour pour un paysage ou un pays, et plus généralement l'amour de l'amour, sans qu'elle comprenne où il voulait en venir. C'était au nom de l'amour qu'il tenait les Évangiles pour un texte bouleversant, nous y voilà. Je suis donc de culture catholique, soit, admettons, avoua-t-il à reculons. Mais croyant, non, hélas pour ma femme, qui me le reproche assez souvent, croyant, faut pas pousser ! L'idée d'un bon sorcier qui marche sur l'eau, multiplie le pain, cautérise une plaie d'un geste de la main, lui plaisait bien, il aimait la magie, mais croire était au-dessus de ses forces. Enfant, il avait essayé, il en aurait eu besoin parfois, mais pour lui Dieu ne s'était jamais pointé, sans doute n'en valait-il pas le détour.

Vous me permettez une anecdote ? Sans transition, il avait raconté un été vieux de trente ans. Déjà, les États-Unis étaient ravagés par une canicule historique, la météo devenue cinglée pulvérisait tous les records de température et du nombre de jours sans pluie. Yellowstone, le parc national plus grand que la Corse, était devenu un brasier d'apocalypse, c'était le tournant historique du grand réchauffement. Imaginez des séquoias géants, parfois âgés de deux mille ans, se chauffait-il sans qu'elle comprenne une fois encore où il allait, ces arbres vénérables, troncs de huit mètres de diamètre, jusqu'à cent mètres de haut, la mémoire du monde, partaient en fumée. Le pays à genoux s'était déclaré en état d'urgence. Imaginez maintenant l'allocution du président, attendue non seulement à Washington mais retransmise en direct dans le monde entier. Avec le ton solennel du curé, le type le plus en vue de la planète avait appelé sans rire ses compatriotes à prier pour que la pluie tombe. Prier pour la pluie ! Je vous jure que c'est la vérité, vous pourrez vérifier ! S'en remettre à Dieu comme au Moyen Âge pour camoufler son impuissance, voilà tout ce que ce type avait osé dire ! Alors la religion et moi, vous savez…

Mais le diplomate était un tenace, et il avait continué à creuser la question divine en baissant d'un ton, comme pour lui-même. L'infini, la tendresse à pleines mains, il ne l'avait jamais trouvé dans les églises sinistres, figées dans leur gravité imbécile, mais éprouvé plus simplement au cœur de la forêt des Landes, pieds nus sur les épines de pin, face aux vagues de l'Atlantique. La fille le voyait s'acharner à répondre avec autant d'exactitude possible, inquiet de ne pas être parfaitement compris. L'ombre sur le sol d'une branche se balançant dans le vent, il poursuivait à voix basse, comment dire ? C'était pour lui le seul signe de la présence de Dieu, dans le monde païen et nulle part ailleurs. La nature, lieu des grands symboles vitaux et des connexions vivantes, de la vie plus que personnelle, l'écho de la puissance en nous, de la chanson sauvage de la soif et du désir, enfin, pardon, je m'emballe, je délire et je vous ennuie, mais vous voyez l'idée ? D'où son combat. Les hommes n'étaient pas foutus parce qu'ils s'intoxiquaient au monoxyde de carbone. Être privés de toute possibilité d'élévation et de légende, perdre l'intelligence du transcendant et du mystère nous condamnait plus vite encore. Le diplomate vida son café d'un trait, il ne voulait pas non plus paraître éthéré ou vaporeux, mais comme il était bavard et excessif, il en rajouta encore une couche. Un ciel troué d'étoiles peut m'émouvoir aux larmes, chère mademoiselle, enfin plutôt madame. La communion avec la nature n'est pas une grâce de tous les jours, loin de là, mais quand elle se produit, c'est un miracle et, si j'ose dire… Pardon si je suis trop personnel, mais vous n'êtes pas, me semble-t-il, de celles que l'on effarouche avec la vérité, pour moi c'est la forme la plus évidente de l'amour. Tout en répondant avec sa manie du mot juste et son sens de la précision, tout chère madame qu'il était, voilà que le diplomate lui avait pris la main. Il l'avait déposée à plat entre leurs deux assiettes, et s'était mis à la caresser, troisième surprise.

Un geste assez doux, effectué comme malgré lui, tandis que la conversation filait déjà vers ailleurs, petit voilier placidement porté par le vent du large. S'était-il interrompu une seconde pour préciser, ce genre de privauté n'étant pas exactement le genre de la maison, je suis très tactile, j'espère que cela ne vous dérange pas ? Ou bien je ne peux pas m'en empêcher, je fais pareil avec tout le monde ? Pas sûr. La monteuse s'était raidie, sourire figé en fille bien dressée, scout toujours prêt à masquer son émoi, singe sachant se tenir coi en toutes circonstances. Elle n'avait pas eu le temps, ni la présence d'esprit, de penser comme elle aurait peut-être dû, il est gonflé ou de quel droit ? Plus étrange encore, la simple idée de retirer sa main ne l'avait pas effleurée. Elle n'arrivait plus à l'écouter, elle sentait ses doigts se raidir, sa paume devenir moite, sa main se mettre à trembler, qu'était-elle censée faire dans un moment pareil, semblant de rien, semblant de tout ? En toute autre circonstance, si par exemple un type de sa génération s'était autorisé un tel geste sans qu'elle l'ait vu venir, sans savoir encore s'il lui plaisait ou non, jamais, voulait-elle croire, elle n'aurait laissé sa main. Mais avec lui, trop vieux pour elle et si charmant, avec lui, à la fois habile et un peu maladroit, est-ce que c'était grave ? Et si son geste était plus paternel qu'autre chose, et si c'était l'une de ses habitudes, un truc de monsieur-d'un-certain-âge sans conséquence, était-il nécessaire de s'en formaliser ?

L'heure du départ avançait, le club VIP de la diplomatie se vidait peu à peu, mais la monteuse n'a gardé aucun souvenir de la fin de la soirée, effacée par ce geste. Elle constatait simplement une chose, sans pouvoir se l'expliquer de manière convaincante, c'était trop bizarre pour être agréable, mais le fait est qu'elle n'avait pas bougé, pas moufté. Pas d'un centième de millimètre. Même quand cette main s'était arrêtée pour quelques secondes, même quand il l'avait lâchée avant de la reprendre de plus belle, son bras restait paralysé et le temps suspendu. Ce type avait l'air de tout sauf d'un coureur. « Toi et lui dans une situation de drague pourrie, s'était esclaffée la voix pliée en quatre, cela ne tient pas debout une seconde, le vieux doit quand même s'en rendre compte, il n'a pas encore Alzheimer ! » Est-ce qu'en vieillissant, elle se demandait, on gagne la liberté d'oser les gestes tendres, sans que la douceur soit systématiquement un scandale, sans que tout prête fatalement à confusion ? Comment pouvait-elle se sentir à la fois gênée, honteuse et embarrassée, avoir envie de se lever d'un coup, de fuir en courant, ciao, bye, et dans le même temps, rester clouée sur sa chaise, figée dans ce huitième étage hors du monde, frappée d'immobilité, touchée d'être considérée par cet homme-là et cependant circonspecte, entrant à reculons, écœurée d'être si docile, dans un pays dont elle ignorait tout des mœurs, du langage, de l'histoire et de la géographie ?

CHAPITRE 7

Deux mois et onze jours plus tard, les voilà donc de nouveau en présence l'un de l'autre, assis tant bien que mal sur le canapé prune étroit et trop mou d'un lounge absurde, à siroter du saint-julien. Ce soir, c'est la cinquième fois qu'ils se voient en tout. Entre-temps, il y a eu les conversations téléphoniques que l'on sait, deux autres rencontres qui seront montées plus tard en flash-back à l'ancienne, et une poignée de nuits blanches pour chacun des deux ahuris, sidérés, incapables de saisir la nature de ce qu'ils vivaient, ballottés entre la crasse de la culpabilité et le merveilleux du désir, la boue et le cosmos. Maintenant, le diplomate dévisage la fille qui hante désormais ses nuits, il la dévore du regard. La moquette violette, l'odeur de grillades, le va-et-vient des voyageurs nocturnes, débarqués d'un vol trop tardif pour envisager de finir la soirée ailleurs, explosés de fatigue mais en quête d'une blanquette de veau, d'un bœuf bourguignon ou de n'importe quel plat local, il s'en fout. Elle est belle. Elle est brillante. Elle est drôle. Il est heureux. Tout juste s'étonne-t-il du léger tremblement du lustre aux pampilles de plastique accroché au plafond, marquant chaque atterrissage et décollage.

N'avait-il pas mené et gagné le combat, il y a quelques années, pour en diminuer très nettement la fréquence durant la nuit, entre 22 heures et 5 heures du matin, afin de préserver non seulement la faune du coin, et d'abord les lapins qui pullulaient aux abords des pistes, mais aussi le sommeil des habitants du voisinage ? Le visage de cette fille, son regard d'écureuil posé sur une peau de lait, c'était un paysage neuf. Un peu suranné, il pense, intemporel plutôt, en tout cas singulier, inédit jusqu'alors et familier pourtant. Elle lui plaît, c'est un mystère et c'est une chance. Sa présence est un départ de feu, et le voilà maintenant qui balance ce qui lui passe par la tête, comme il lancerait en l'air une poignée de confettis retrouvés par hasard au fond d'une poche, au fond, chère mademoiselle, enfin plutôt madame, vous êtes une femme fatale.

Une femme fatale ? Après tout, c'est elle qui a provoqué ce rendez-vous alors que lui passait simplement la nuit en transit ici, arrivé de Londres dans l'après-midi, dormant sur place en attendant son vol du lendemain à l'aube, afin de s'épargner la fatigue inutile d'un aller-retour en ville jusqu'à chez lui. « Femme fatale, prends ça en pleine poire, se goberge la voix. En rappliquant ici l'air de rien, en feignant l'innocence, tu l'auras bien cherché. » Femme fatale ? La fille balbutie c'est tout moi, mais au fond elle ne parvient pas à en plaisanter, troublée plus que de raison. Quel nouveau masque, ignoré d'elle-même, a-t-elle posé sur son visage ? « Suffit-il qu'un homme te regarde d'une manière ou d'une autre, tacle la voix sans débander, qu'un mec projette n'importe quelle image sur ta toile blanche, espèce de buvard prêt à tout boire, pour faire advenir en toi une facette inédite, un contour neuf, tel Aladin avec sa lampe ? » Il aurait dit au fond vous êtes un ours blanc, il aurait dit vous êtes un kangourou ou un chihuahua, il aurait dit vous êtes mystérieuse ou vous êtes prévisible, femme fatale, monstre ou sale gamine, une chose ou son contraire, la fille aurait eu la même surprise, le même doute. Tous les qualificatifs de la terre ouvrent en elle un vide, un étonnement. « Ta place dans le monde, à ton âge tu la cherches encore, ça devient grave, cogne encore la voix. Invente, bricole, fais comme les autres, extorque-la au monde, ça nous fera des vacances. » Chihuahua, pourquoi pas ? Pour la monteuse sûre d'être menteuse, certaine d'avancer masquée même dans ses élans sincères, d'avoir mille facettes et mille visages, tous parfaitement adaptés à ses interlocuteurs et aux situations, du sur-mesure pour la galerie, tout est possible. Toutes les hypothèses, jusqu'au vertige.

Au même moment, une dizaine de trentenaires prennent bruyamment place autour de la table basse voisine. Ce soir, c'est soirée foot, Madrid-Manchester, on avait oublié tout ça ! Ils parlent fort en espagnol, et s'ils viennent de réaliser, déconfits, que le bar n'est pas équipé d'une télévision, ils dégainent leurs portables, chacun se cale sur la même retransmission, hola qué tal, commentaires hurlés dans leur langue natale. Ils commandent d'énormes bières. Une seule fille parmi eux, une rousse longue et sèche, robe bariolée movida style, chouette nana enrubannée, jolie fille easy going, le genre qui plaît parce qu'elle semble indépendante et rock'n' roll mais qu'au fond elle s'accommode toujours de tout gentiment sans broncher. Elle sourit de toutes ses dents, ses lèvres dévoilent légèrement ses gencives du dessus. D'un geste aérien, avec l'élégance d'une danseuse, elle saisit sa pinte pour trinquer. Elle rit pour faire plaisir, un peu sympa, un peu gênée, un peu je m'en fous, madrilène, elle rit comme hurle le cheval de *Guernica*. Soudainement déportés vers l'Espagne, le diplomate et la monteuse jouent. Ils se racontent l'histoire de la petite troupe, imaginent des collègues du genre start-uppeurs, peut-être au sortir d'une journée de séminaire, Prospection R&D, balayage à 360° des ODD, but du jeu, pulvériser le CA de l'année plus une ? Peut-être ont-ils passé la journée à brainstormer autour du concept de leadership stratégique, avec le mot d'ordre d'être disruptifs et pour seule contrainte la bienveillance, dans l'un des petits salons privatisables de l'hôtel, moyennant 267,80 euros HT l'heure, bouteilles d'eau, boissons chaudes et mini-viennoiseries comprises ? Peut-être sont-ils ensuite montés dans leurs chambres respectives avant de tomber leur costume, le temps d'enfiler un polo ? Peut-être viennent-ils de dîner, pizza pour tout le monde, on se détend, on se retrouve comme entre potes un samedi soir, on crée des liens en toute simplicité, miracle du team building, on sera plus efficaces, au taquet dès lundi matin ? Le chef de projet, qui prend ce soir toutes les initiatives, est joli garçon, *estupendamente guapo*, il le sait. La fille pronostique un garçon aimé à la folie par sa mère, voyez comme il étend ses jambes sur le canapé, voyez encore comme il gêne son voisin, pour lui tout est permis. Le beau gosse a-t-il des vues sur la collègue cheval ? À voir l'empressement avec lequel il pose devant elle la première bière, et puis le bol de chips, à voir comme il la mate, à deux doigts du clin d'œil, l'hypothèse tient la route.

Le diplomate et la monteuse trinquent en souriant, ravis de leur coup, mais elle embraye aussitôt, pour vous c'est quoi une femme fatale ? Vous savez bien, ne faites pas semblant, tout le monde le sait, il badine. Allons, ne faites pas cette tête, pour moi c'est un compliment ! Vous connaissez la chanson ? See the way she walks, hear the way she talks, le Velvet Underground, ah je vous bluffe, vous me prenez pour un vieux ringard, n'est-ce pas ? Parfois la monteuse est sûre de le cerner parfaitement, tout paraît si balisé, mais parfois, souvent, il prend des chemins de traverse déconcertants, au point qu'elle se demande qui se trouve face à elle. Va pour femme fatale, d'accord pour tout, elle capitule. « D'accord pour tout, s'étrangle la voix, menteuse ! Femme fatale, vieille enfant travestie sous les signaux éculés de la féminité à l'ancienne, décolleté pigeonnant et cul moulé qui plaisent, douce de loin, dure de près, tu t'y vois ? Une fillette devenue femme et c'est tout, avec des seins et une bouche qu'elle n'a pas voulus, poussée trop belle pour ne plus parvenir à exister autrement, ce n'est pas ta vie, oublie ça ! » Monsieur se moque gentiment, elle est trop cérébrale, tout ça n'est pas si grave. Ne jouez pas non plus la prude, je n'y croirais pas une seconde ! Une femme fatale, c'est simple, c'est une enjôleuse, un aimant à qui aucun type normalement constitué ne peut résister, point barre. En tant qu'homme, je peux vous dire que ça existe et croyez-moi, c'est foudroyant. Vous n'êtes pas si naïve, allons, se faire draguer, pour une femme je ne sais pas, à entendre celles de votre génération cela semble très désagréable, mais pour un homme, c'est un jeu délicieux.

Elle ne relève pas la provocation. Pas envie de raconter ce soir à cet homme guilleret, le sourire en coin et les mains qui se frottent doucement l'une contre l'autre, pourquoi et comment pour une fille, ce qu'il nomme la drague n'est parfois rien d'autre qu'une expérience cuisante. Lui non plus ne dit pas tout, dommage. Parce qu'en secret il se revoit il y a des années, seul au bar du Peninsula de Hong Kong, à une heure trop tardive, trompant son insomnie en admirant les larges baies vitrées ouvertes sur Victoria Harbour illuminé. Absorbé par le spectacle du va-et-vient incessant des bateaux, il n'avait pas repéré tout de suite la blonde en robe noire venue se hisser sur le haut tabouret à côté de lui. Était-ce un rêve éveillé ou le souvenir d'un film vieux comme le monde ? Une Anglaise, cette voix rauque qu'elle avait, ce parfum poudré qu'il pourrait encore, un siècle plus tard, reconnaître entre mille. Une dureté et une faille, un sourire à se damner. Elle avait fondu sur lui, elle l'avait allumé comme s'il était Dieu sur la terre, le jeu avait été irrésistible. Ils avaient fait connaissance, l'Anglaise était tout en mystère, tout en mensonges, elle levait lentement ses paupières vers lui, un charme de dingue et un genre de savoir-faire inné, une bombe et un piège, c'était un conte de fées. Au bout de quelques verres et tandis que son corps à lui s'électrisait, l'allumeuse lui avait fait croire qu'elle l'embrasserait comme elle n'avait jamais embrassé personne. Curieusement, ce fut le mot de trop. Le diplomate brutalement dégrisé avait abrégé le petit manège et tourné les talons comme un voleur. N'empêche. Il en avait gardé dans le cœur une fierté imbécile, mille fois avec ses meilleurs amis, il avait fanfaronné la joie d'avoir été courtisé par une femme aussi spectaculaire, la possibilité d'avoir pu l'emmener dans son lit. S'il avait manqué ce soir-là du cynisme nécessaire, jamais il n'avait regretté. Non qu'il fût un enfant de chœur, mais il était romantique, méticuleusement. La planter là, avant l'irrémédiable, c'était sa seule chance d'en garder un souvenir ébloui, éternel.

Les mains de la fille se remettent à trembler, séisme minuscule, énervant. Comment je peux lui plaire, moi et ma vieille parka, moi et mes cheveux n'importe quoi, même cinq minutes ? « Alors la féministe, on perd les pédales ? s'esclaffe la voix. On se retrouve à vouloir jouer l'éternelle partition des filles, emballer, séduire pour se rassurer ? Tu parles d'un amour, Calypso, tu rêves grand et tu bricoles petit. Lui avance plutôt désarmé, toi de l'autre côté de la barricade en mesquine, chapeau bas. » Tout en engloutissant les amandes salées, puis les olives, et puis les bretzels avec une faim vorace, monsieur rit, se moque avec un sourire bon, confiant en elle plus qu'elle ne le sera jamais.

CHAPITRE 8

Penalty ! Silence imposé par les voisins ibériques, suspense. Le cheval de *Guernica* retient son souffle, écarquille les yeux face à l'écran trop petit calé sur la table. Sur la pelouse, les mecs en short déjà ruisselants se placent en ligne, le numéro 10 court comme un taré, et YES, marque pour Madrid. Les Espagnols se lèvent d'un même bon, manquent de foutre en l'air la table basse et les verres, hurlent *maravilloso*, se congratulent, accolade à gauche, accolade à droite, la monteuse voit comment le plus beau en profite pour poser sa main très bas sur la taille fine de la danseuse, et puis ils replongent heureux dans leurs bières et ce match qui commence si génialement bien, chorégraphie réglée à la seconde. Être une bombe, avoir ce pouvoir sur les hommes, les terrasser tous, j'aurais adoré, elle le balance sans prudence, brutale plus qu'elle n'aurait voulu. Être belle à crever, magnétique, être Ingrid Bergman, être Lauren Bacall, capter le désir des mecs, tous, ça doit être un peu fatigant à la longue, mais je ne connais pas une fille au monde qui ne voudrait connaître ce vertige au moins une fois.

Mais oui, évidemment, bien sûr, monsieur acquiesce en mâchant. Il s'imagine à son tour, lui qu'on appelait dents de lapin au collège, et plutôt mourir sur place que d'en faire ici la confidence, il s'imagine un instant, un instant seulement, être Paul Newman ou Steve McQueen, Brando ou Delon, dans *Plein soleil*, McCartney grande époque, les plus belles filles du monde s'offrant devant sa porte d'hôtel, il aurait adoré aussi bien sûr. La fille baisse les yeux et avise ses petits vêtements, ce vieux jean qui n'envoie aucun signal glamour, ses chaussures plates, son pull bleu marine. « Tu es sapée comme un garçon. » La voix imite les mots anciens de sa mère, gravés dans son corps comme toutes les condamnations de l'enfance. Tu marches comme un rugbyman, c'est pas comme ça que. Non seulement elle voudrait l'allumer, cet étrange monsieur, mais même, le premier verre la réchauffant, devenir cette fille capable de lui demander sans rire est-ce que je vous plais ? Il murmurerait votre sourire me fait fondre. Elle ferait monter les enchères, au premier degré comme une pro, battements de cils et tout, aimez-vous comme je suis faite ? Il chuchoterait en baissant les yeux vos hanches sont irrésistibles, ma main est attirée comme par un aimant, vous êtes un diamant brut, vous ne savez pas l'effet que vous me faites.

On cause bellâtres, il dit simplement, mais je suis un vieux rabougri, et je ne suis dupe de rien, hélas. Vous êtes trop belle pour moi. Il adore ces pierres qu'elle porte aux oreilles, les mêmes que dans un Modigliani, il a oublié lequel, des topazes semble-t-il, non ? Ce bleu est une merveille, avec la couleur de ses yeux, c'est un poème. Elle rougit. Il est désuet, elle est flattée comme un animal dont on tapote l'encolure, est-ce honteux de l'être à ce point ? « C'est donc ça, être une fille, pérore la voix, vouloir plaire et c'est tout ? Attendre d'être désirée, pantelante et inquiète, jamais sûre de son charme, objectivant chaque partie de son corps, de sa tenue ? Réduite à sa petite condition physique, savoir en rageant qu'on ne sera jamais aussi bonne que les filles vraiment bonnes, espérer qu'une main daigne vous saisir, quitte à la mordre par la suite ? Est-ce être née pour cette humiliation ? » En serait-elle encore là, à patauger dans cette honte immémoriale, elle qui se rêvait autrement plus libre ? Désolé, je vous embarrasse. Il voudrait être tout sauf lourdingue, mais ça lui arrive hélas, que voulez-vous, le monde est lourd, mais avec elle il voudrait que tout soit tellement différent.

« On patauge, on s'emberlificote là où n'importe quelle meuf normalement constituée savourerait sans faire d'histoires, râle la voix. Lâche tes vieilles marottes, joue le jeu, écrase. » La monteuse observe les allées-venues dans le salon prune, les voisins espagnols graves et concentrés, leurs cous tendus vers les écrans posés contre les pintes vides, chope la madrilène en train de lever discrètement les yeux, à quoi peut-elle penser ? Être une femme, c'est être empêchée, la monteuse n'en dira rien mais c'est la seule transmission reçue de sa mère, sa grand-mère et toute la lignée des femmes plombées de sa famille, le seul héritage d'une enfance entièrement vidée de la compagnie des hommes. Une femme qui désire plaire, une femme qui désire tout court, depuis le Moyen Âge et jusqu'à ce soir, c'est entendu, c'est une pute. Une salope. Malgré la révolte et la rage, message reçu. Désormais la salope se double d'une autre parure, pas plus flatteuse, celle de la victime de la domination masculine. Après des siècles à nous seriner la chanson de la culpabilité, elle l'entend s'élever partout, cette autre petite musique puritaine qui revient à condamner encore, elle s'infiltre telle la mauvaise herbe jusque sur son banc de montage. Celle qui désire plaire est une aliénée librement consentante à sa soumission, à genoux de son plein gré face à la loi des hommes. « Eh ouais meuf, plastronne la voix, quoi que tu fasses tu es coupable, tu es foutue ! » À l'heure du triomphe des victimes, au moment de leur sacre international, se rembrunit la fille, les femmes désirantes deviennent traîtres à la cause des femmes, coupables au carré.

On ne sait jamais ce qui plaît ou déplaît à l'autre, c'est un mystère et tant mieux, enchaîne le diplomate qui fait mine d'ignorer son trouble. D'humeur badine, il pourrait sortir des balles rouges et se mettre à jongler, ou bien un jeu de 52 cartes et se lancer dans un tour de magie. Le désir, pardonnez-moi si ça sonne vieux con, pour moi c'est un cadeau, il lui dit à l'oreille. Plutôt me pendre que de paraître libidineux ou quoi que ce soit dans le genre, mais c'est un don du ciel, devant lequel je pourrais m'agenouiller et dire merci. Est-ce à cause de son genre ou de son âge, parce qu'il est un homme ou parce qu'il est plus vieux ? La monteuse se pose la question. Lorsque s'approche la rumeur de la fin, est-ce qu'on parvient à faire fi des tourments vains qui étouffent la vie, est-ce qu'on arrête de s'empêcher, est-ce qu'on acquiesce enfin au présent sans chipoter ? Lui semble vivre leur rencontre avec la simplicité de l'évidence, plus de gratitude encore qu'il ne saurait jamais l'exprimer, est-ce que c'est vrai, ou bien il en rajoute ?

Les deux pieds plantés dans la boue, la fille envie sa liberté. Quelle est la porte close contre laquelle elle se cogne ? « Peut-être d'avoir un mari à la maison ? ironise la voix. Un homme amoureux encore malgré les années, un homme convaincu que vivre avec toi est la chose la plus merveilleuse qui lui soit arrivée, sûr et certain que votre histoire roulera jusqu'à la mort, tel un cabriolet fonçant sur la corniche, ça te rappelle quelqu'un ? » Non. Il y a autre chose. Des femmes se dressent sur sa route, sentinelles fantômes, gardiennes étriquées de la bonne morale. Si seulement elle pouvait les envoyer balader, toutes et d'abord bien sûr celle qui a hanté l'enfance. Sa mère avait hurlé sa rage d'être considérée par la société entière comme inférieure aux hommes dans les manifs, et parfois elle avait même laissé éclater sa haine des hommes, ceux-là mêmes à qui elle avait pourtant voulu plaire un jour. Bras dessus, bras dessous avec ses camarades, elle avait obtenu des droits et les générations d'après devaient se montrer loyales, c'était le minimum syndical. « Tu en profites depuis toujours, assène la voix qui n'en perdait pas une miette, un peu de reconnaissance, ça t'étoufferait ? »

Sa mère irascible était montée au front dans l'intimité aussi, puisque tout était politique. Elle avait recadré non seulement le père de sa fille unique, qui avait fini par fuir vers des azurs plus chatoyants, mais aussi chaque type rencontré. Tous, d'un seul bloc, ils n'étaient jamais assez courageux, jamais assez responsables, jamais assez généreux. Au nom de quoi devaient-ils l'être plus qu'elle ? N'était-il pas question d'égalité ? Cette litanie de reproches l'avait-elle exonérée à bon compte d'assumer non seulement ses propres lâchetés, mais surtout ses propres désirs, ses ambivalences et bref, son propre inconfort existentiel ? La liberté, vraiment ? Sa mère n'avait rien lâché de sa rage, jamais. Jusqu'à renoncer à l'amour, pour se prouver qu'elle avait raison. Seulement capable de solitude, elle avait foutu sa vie en l'air, pleurnichant sans fin sur les hommes toujours décevants. Bien au chaud avec ses sœurs de lutte, elle avait piétiné ses propres rêves de bluette, laissant aux écervelées et aux allumeuses tous les garçons et les filles de son âge. La leçon souterraine, la fille l'avait parfaitement intégrée.

Pas celle de la liberté crâne et de l'autonomie farouche officiellement revendiquées avec panache, non. Le désir des hommes était dangereux, et celui qu'on éprouve pour eux banni. On pouvait tomber enceinte au moindre clignement d'œil, on pouvait ruiner sa vie à jouer la séduction, on s'en prendrait plein la gueule et on finirait déchue, un môme sur les bras, coupable et victime à la fois. Le désir était un danger mortel. Vouloir c'était déjà trop et coucher c'était mourir. Voilà le sous-texte reçu en intraveineuse, et il faudrait s'en montrer reconnaissante ? Le diplomate est un instinctif. Plus que la tactique, plus que le travail sur le fond des dossiers, tout au long de sa carrière, c'est son intuition qui a fait sa force. Elle n'a pas dit un mot, mais il la voit se noyer. Le désir, mademoiselle enfin plutôt madame, comment dire, ce mystère n'est pas fait pour être dépecé, et je crois que vous le savez parfaitement. Mais personne n'est coupable de désirer, jamais, vous m'entendez ? C'est la vie même, la grande aventure exaltante de l'existence, c'est aussi peut-être une innocence à retrouver, enfin, je m'emballe, qu'est-ce que j'en sais après tout, un peu de vin ?

CHAPITRE 9

Quelle fille étrange. Le diplomate l'observe maintenant comme on sonde un lac, une baguette de noisetier à la main à la manière d'un sourcier, mais soudain tout s'évapore, zut, il sursaute, glisse sa main dans la poche de sa veste, en extirpe son portable vibrant, pardonnez-moi je ne peux pas ne pas répondre, je vous demande quelques minutes. Il s'éloigne prestement, d'un bond, et la monteuse le voit mettre sa main en coquille devant sa bouche comme un homme politique en train d'être filmé, elle l'entend baisser la voix. C'est sa femme, elle en est sûre. L'heure tardive, l'embarras manifesté, la précipitation, l'obéissance et la culpabilité, elle a tout senti. Ainsi est-il plus double ou triple qu'elle ne le pensait. Capable de basculer d'un registre à l'autre en un quart de seconde, capable de donner le change à la maison quand il est avec une autre. Ce que ça lui coûte ou pas, elle ne le saura jamais.

« Et toi ? s'excite la voix qui se permet tout. Si ton mec appelle ce soir, tu fais quoi ? Au garde-à-vous, capable de rouerie, ça se passe bien mon chéri cette garde à l'hosto ? Parions plutôt sur les explications vaseuses, la syntaxe désarticulée qui trahit, les pieds dans le tapis. Obsédée d'authenticité, tu crois mentir sur tout mais tu te surestimes, la voltige n'est pas faite pour les petits calibres. » La femme fatale a une nouvelle fois les mains qui tremblent. Elle reprend son souffle et observe que, pour les Espagnols, c'est aussi la mi-temps. Ils se lèvent pour se dégourdir les jambes, recommander à boire, et d'un bond, le cheval de *Guernica* file côté toilettes. « Ça te plaît comment, sur une échelle de 1 à 10, de jouer la petite maîtresse, l'Emma Bovary de l'aérogare 3, torpille encore la voix vicieuse, tu te sens femme ? » Ta gueule. Être une femme, être monteuse, être une madame mariée, être une Parisienne, être une mère, même énigme, même refus viscéral d'être assignée. Combien sont-ils, ceux et celles qui s'avancent aussi dans la vie avec le sentiment visqueux de la falsification tout le temps, de la fraude quoi qu'il arrive, de la triche en tout ? Ce handicap se conjugue-t-il plus fréquemment au féminin, parce qu'on exigerait des filles un comportement codifié, conditionné dès la maternelle, réduit aux acquêts d'une mauvaise série télé, calme et douceur obligatoires, soumission et fragilité feintes ? Petite, la fille s'en souvient parfaitement, elle passait des heures seule dans la forêt au-dessus de la maison de sa mère, et là-bas par toutes les saisons elle s'était sentie puissante, violente, parfois cruelle et sans limite aucune, soulevée par une force tellurique, la certitude de pouvoir voler sur les eaux. Mais elle avait aussitôt capté que cette sauvagerie, ce scandale, devait rester planquée dans la forêt. Pour faire partie du monde, avoir une toute petite chance d'être aimée et le droit d'exister, ce feu, il fallait l'étouffer, en tarir la source, l'ensevelir, l'annihiler. Basculer dans la clandestinité quitte à tricher, faire mine de ne pas. Depuis le début ou presque, elle savait. Pour survivre comme fille, il fallait avancer masquée.

L'homme marié tarde à revenir. On est transformé, parfois transcendé, par la présence de l'autre, voilà ce qu'elle se dit. Les rares fois où ils se sont quittés, et même en raccrochant après une simple conversation au téléphone, elle a senti en elle un rideau se baisser, une lumière s'éteindre. Tout en marmonnant ses trucs au téléphone, le diplomate a d'abord tournicoté autour de la copie d'une statue d'art moderne de plastique recyclé, un gros lapin orange aux fesses énormes qui trône dans le hall d'entrée en Napoléon insignifiant du nouveau monde. Elle l'a gardé à l'œil dans l'enfilade du couloir, mais en croisant son regard de loin, son téléphone collé entre la joue et l'épaule, il a détalé pour finir sa conversation hors champ. Qu'ont encore à se dire à une heure tardive de la nuit un homme et une femme qui partagent tout depuis des décennies ? À quoi ressemble celle qui lui parle ? « Imagine une bourge en jupe bleu marine, serre-tête en velours posé sur ses cheveux blancs, ne vivant que pour la crème caramel offerte à ses petits-enfants, se bidonne la voix. Vise une vieille plus décontractée, catho de gauche distribuant des bouquins dans le 93, ses chiens à l'arrière d'un break Volvo. Ou une working girl qui garde la niaque, piquée au botox et cachant sa taille épaissie dans un tailleur-pantalon fluide, flambant sa thune dans les instituts. Ou bien encore une femme nature, jus de citron au réveil, yoga et cachemire, découvrant sur le tard la joie d'avoir un corps. » Qui est-elle ? Depuis le premier dîner, la monteuse s'était mise à les observer dans la rue, les femmes de cet âge auxquelles elle n'avait jamais prêté attention jusque-là.

Dans les silhouettes anonymes, dans les plis des visages plus ou moins marqués, dans les recoins des corps plus ou moins voûtés, elle cherchait à résoudre une énigme qui dépassait largement la femme du diplomate, qui ne l'intéressait pas plus que ça. Le temps qui nous passe dessus, nous lamine corps et âme, c'était plutôt le sujet. Sa mère, avec laquelle elle avait gardé un lien distant, la monteuse la voyait une fois par an s'avachir un peu plus. Jusqu'alors cette femme était sa seule référence en la matière, et ce n'était pas reluisant. Une gorgone planquant sa chair de poulpe sous d'aberrantes chasubles. Au fil du temps, elle avait vu son visage devenir celui de la rage, une vie à râler laisse des traces partout, et elle avait simplement pensé que vieillir, c'était devenir dehors ce qu'on était dedans. Quelle gueule aurait-elle si elle atteignait un jour l'âge du diplomate ? Au-delà des rides qui modifiaient son visage, elle aurait l'air de quoi ? Le champ lancinant du temps, déjà elle le sentait monter dans ses genoux, et sa morsure ramollissait sa peau, son ventre même, exactement comme elle l'avait vu une fois sur son banc de montage où elle apprenait tout de la vie. Un plan montrait une femme, la soixantaine peut-être, très belle, sortir de son lit en culotte, ses seins pendaient comme des reproches, son ventre mince se plissait comme une éponge, c'était cruel.

Depuis deux mois et onze jours, elle scrutait donc d'un œil neuf les femmes du même âge que le diplomate qu'elle croisait dans le bus, au marché, partout, et l'énigme s'épaississait. À de rares exceptions près, elle avait vu des petites dames fatiguées, beaucoup. Elles trottinaient mini-mini entre deux courses, ployant sous les tâches ancillaires, le corps usé par la vie de famille, traversé de grossesses, de fausses couches et de chagrins enfouis, respirant petit et encore dévouées à la soupe du soir, à la bonne marche de la maison, rétrécies par l'horizon domestique. Pourtant certains hommes du même âge portaient beau encore, des traces de l'enfance visibles encore dans le maintien du corps, une vitalité batailleuse, la joie d'être vivant et de retrouver comme à 15 ans les copains au café. Était-ce son regard à elle qui déformait tout ? Une complaisance suspecte, aveugle aux cheveux rares, aux gros ventres, aux mille et un renoncements pourtant visibles à l'œil nu ?

Dans les rues, les femmes-d'un-certain-âge lui paraissaient ravagées d'une fatigue très ancienne, et celles qui bataillaient pour faire bonne figure n'en étaient pas moins douloureuses. C'était choquant. Ces reines déchues avaient pourtant plu un jour, émerveillés des hommes, mais la monteuse les voyait désormais trottiner en petites abeilles invisibles et savait qu'elle finirait par rejoindre la ronde le jour venu. Dans les regards, les sourires, les intonations et les corps, elle traquait la trace de leurs charmes évanouis, le souvenir de leur vitalité radieuse, la mémoire de leur humour et de leur légèreté, de leurs joues rebondies et de leur impertinence de 15 ans, des yeux qui brillent lors d'un rendez-vous amoureux, du sourire irrésistible et conquérant qu'elles avaient fatalement eu un jour. Mais l'empreinte était brouillée, lointaine, le souvenir s'était perdu, ou bien c'était elle, pour une fois, qui manquait cruellement d'imagination. Pourtant, elle avait senti monter une solidarité totale, absolue et tragique, une infinie tendresse pour ces femmes à la puissance désactivée.

CHAPITRE 10

Toujours pas de diplomate sur zone. Un peu de répit encore, tant mieux. En attendant la reprise du match, les Madrilènes font des paris sur son issue, ils sont confiants. À un but près, tous imaginent leur équipe triompher, la monteuse le comprend avec ses rudiments d'espagnol. Seul le cheval de *Guernica*, revenue fraîche et pomponnée des lavabos, ose mettre vingt euros sur une victoire de Manchester 1-2. « Tes vertiges métaphysiques, basta maintenant, rideau, intime la voix. Sors de tes méandres. » Creuser ses mauvaises pensées en compagnie de monsieur, cet homme que jamais elle ne pourrait appeler autrement, à cause de l'âge, à cause de l'interdit, à cause de la distance incompressible ? Autant l'épargner. Elle cale ses mains au fond de ses poches, suffit aussi, ces tremblements. Elle voudrait lui plaire encore, plus, toujours plus, pas être cette fille empêchée craignant d'être démasquée. Les grandes hontes de l'enfance s'inscrivent dans le corps pour toujours. Garçon manqué, les mots cuisants d'hier coulent encore dans ses veines. Petite et jusqu'à l'adolescence, elle a traîné l'accusation infamante comme un boulet. De l'école à la cour de récré, du stage de tennis à la première boum, l'insulte finissait par fuser, la sidérant à chaque fois, la révoltant toujours. Garçon manqué, ni un garçon réussi, ni une vraie fille, c'était être deux fois perdante.

Au collège, cette catégorie n'intéressait pas les garçons, ils avaient d'autres chats à fouetter, d'autres filles plus évidentes à se mettre sous le coude. Vadim, avec ses Clarks neuves et ses longs cils noirs, avait pourtant été amoureux, non ? Il était décalé, hors du jeu viril, et se fichait des appellations contrôlées comme de la première console. Non, l'affaire exaltait plus étrangement les filles. Les plus assidues de la féminité se prenaient de compassion pour celle qu'elles baptisaient abusivement le garçon manqué, entreprenant une conversion forcée en lui racontant gentiment les trucs parfumés et les secrets un peu rances hérités de leurs mères. Les plus rugueuses n'avaient pas cette espérance, elles enrageaient tout simplement face à qui rechignait à se conformer en tous points aux règles non écrites. Dès que possible, elles attiraient le garçon manqué dans un coin obscur de la cour de récré pour lui casser la gueule en bonne et due forme, le tabasser histoire de lui apprendre les risques de la déviance, le péril à ne pas se soumettre. La fille en gardait un souvenir cuisant, une honte diffuse et un étonnement intact. Car fille, en vérité, elle ne savait pas trop comment, la marge de manœuvre lui semblait étroite, mais elle voulait en être. Pas à n'importe quel prix bien sûr, mais elle était partante. Ce n'était pas du tout cuit, il fallait renoncer beaucoup, conquérir quelque chose, et elle s'était battue. Au fond et malgré le mystère, tâtonnant dans l'obscurité en autodidacte, être une fille et puis une femme, elle l'avait voulu sans doute plus que d'autres, elle l'avait choisi. Comme plus tard elle avait voulu et choisi son travail, comme elle avait voulu et choisi son mari, comme elle avait voulu et choisi d'avoir un enfant. Oui, se dit-elle plantée sur son canapé prune, tout en notant que quelques pampilles de plexiglas du plafonnier tombaient ici et là, tachant de plastique mauve la moquette prune, on peut dans la vie vouloir et choisir beaucoup de choses sans croire à la petite comédie qui va avec. Résultat ? Malgré son inadaptation, à force de batailler, sa vie avait pris peu à peu ce qu'on appelle une consistance. Et si elle avançait, pathétique à ses propres yeux, c'était sous les quolibets de la voix goguenarde qui la voyait truquer et baratiner, fatigue.

Avec le diplomate, dès le premier jour, cette impression avait pris des proportions suffocantes. Une rencontre est un tremblement de terre qui relance les dés existentiels, allume des feux nouveaux, ravive au passage ceux que l'on croyait éteints. Séduire, la jouer coquette l'air de rien, coquine au besoin ? Posture, imposture ! Le jeu de la séduction est dégoûtant, comment faire ? Elle se ressert un verre en solo, coupe une lichette de fromage avec le couteau de dînette, la lame en toc ploie sous son geste. Tout le monde minaude et affriole, enjolive et travestit, chacun y va avec ses masques pour une grande farandole du faux et du n'importe quoi, c'est normal, mais comment sortir du labyrinthe ? C'est le grand carnaval, le cabotinage quoi que l'on veuille, la triche pour s'ornementer et, au fond, la somme parfaitement écœurante de tout ce qu'on est prêt à trahir de soi pour grappiller quelques miettes d'attention et d'éternité, prêts à tout pour être regardés, désirés si possible, un peu aimés cinq minutes. Comme un mendiant, comme un enfant battu, comme un chien.

CHAPITRE 11

Dès les premières minutes de reprise, un ballon magistralement attrapé par un avant-centre de Manchester finit sa course encastré entre les filets, et la fulgurance du but british refroidit salement les ardeurs madrilènes. 1-1. C'est le moment où le diplomate réapparaît aussi vite qu'il s'est enfui, hop, ni vu ni connu. La monteuse le regarde se rasseoir en s'excusant une nouvelle fois, pardon je ne pouvais pas ne pas prendre, voilà-voilà. Elle observe sa gêne toute relative, l'habileté dont il fait preuve et comment, pour noyer encore le poisson, il se lance tel un cheval fou dans une nouvelle tirade absurde. Il est directement question de Montesquieu, pourquoi ? Il n'a pas lu tout Montesquieu, il n'en garde qu'un souvenir assez pénible, mais enfin pourquoi parler de Montesquieu, ce que je peux être con, d'ailleurs je ne sais plus où je voulais en venir. Joueuse, la monteuse embraye pour se moquer, mais oui évidemment, Montesquieu, elle connaît par cœur, Montaigne aussi, sur le bout des doigts. Mais qui a dit qu'un homme sérieux a peu d'idées, alors qu'un homme d'idées n'est jamais sérieux ? Hilare, le diplomate prend la balle au bond, votre citation est totalement nulle ! Enfin je ne sais pas pourquoi avec vous je pourrais dire n'importe quoi, je suis complétement défiltré, je suis bien, mais je me vois faire vous savez, je ne suis pas dupe, et puis je vois aussi votre regard, c'est un laser, et ce n'est pas toujours très agréable. Mais c'est surtout chez moi le signe d'une grande confusion, celle d'un type qui fait mine de surnager, alors qu'au fond il se noie, tandis qu'il est percé à jour par deux yeux en amande si vifs qu'ils semblent venus d'ailleurs. Est-ce parce que j'ai trop à vous dire, et que je ne sais pas par où commencer ? J'en viens à émettre un nombre incroyable de conneries, et voilà, j'ai encore perdu les pédales, je ne sais plus où j'en suis, mais enfin, l'histoire ! J'adore l'histoire, vous l'ai-je déjà dit ? Vous aimez l'histoire ?

Amusée jusqu'ici, la fille se lasse brutalement. Cette conversation a commencé comme un jeu, elle a perdu le fil. Le téléphone sur lequel il se jette l'air de rien, admettons, ces choses-là arrivent, mais le coup de l'histoire de France, c'est trop. Refusant soudain la plaisanterie, elle change en voyou les règles en cours de route. Agressive, elle se fout de lui en miaulant à la manière d'une demoiselle de l'ancien temps, oh oui, l'histoire, bien sûr, c'est merveilleux d'avoir ce point en commun, c'est si extraordinaire, la grande histoire des hommes, l'enfance du monde vibrant partout, l'histoire en général, fascinant ! Voilà, désormais le diplomate peut tranquillement, en père peinard roulant comme un roi au milieu de l'autoroute, déballer une ribambelle super chouette de mille et une anecdotes, Napoléon et tout le bazar, sous des yeux de biche aux longs cils, ébahie par tant de culture, tant de mémoire et de lectures, sans doute si enrichissantes, et la conversation définitivement aller se perdre dans le n'importe quoi. « Holà ! rétropédale la voix, calmos ma vieille, il n'a rien fait pour mériter ça. » Elle fait semblant de prolonger plus aimablement la discussion, le goût de l'histoire en général, oui, non, je ne sais pas. Pour monsieur c'est très simple, quand on aime les hommes, on aime connaître la manière dont ils ont mené leurs combats, point barre. La fille lutte contre le vent injuste du mauvais esprit qu'elle sent se lever, ô combien familier. Si elle le laissait s'étoffer, il pourrait tout déchirer, ravager la scène aussi sûrement qu'un feu. Il laisserait derrière lui des rideaux prunes déchiquetés et des tapis en fausse fourrure mauve en cendre, les breloques de plastique fondues dans une puanteur toxique, convertirait le décor Ikea en scène de carnage, et elle n'aurait d'autre choix que de prendre la fuite en courant, plantant un dernier couteau dans le dos du diplomate, sans retour possible.

Son cheval intérieur s'emballe, le gâchis est à portée de main, elle tire sur son mors, lutte, freine, s'empêche.

Monsieur n'en perd pas une miette. Silencieux soudain, attentif, il l'observe se noyer. Ses deux billes sombres voient tout. Il voudrait l'emmener faire une balade sur le port, maintenant, tout de suite, sans avoir à prononcer le moindre mot. Il y aurait un vent force 7 ou 8, les haubans claqueraient, fous furieux contre les mâts, les mouettes tourbillonneraient. Au milieu du vacarme, il lui montrerait la course des nuages vers l'infini, les beautés cachées dans les lumières du soir, le reste n'aurait plus aucune importance. Au début elle résisterait, il a compris comme elle est farouche, mais la mer serait pleine de promesses, il lui raconterait comment la lune exauce les vœux les plus fous, il lui parlerait de balades sans fin, de rois et d'éléphants, d'amants si magnifiques que par délicatesse ils n'ont jamais su se déclarer. Elle finirait par se laisser prendre la main, il lui murmurerait les secrets de ses rêveries océaniques, la nuit en haute mer, les signes et les mots sur le sable gravés. Il raconterait en chuchotant dans ses cheveux emmêlés combien sa peau est tendre, enivrant son parfum, et il penserait simplement chacun de ces mots, au diable s'ils ont été dits déjà mille fois, ce jour-là ils brilleraient comme des sous neufs. Peu à peu, elle se blottirait contre lui, et puis ils marcheraient jusqu'à la plage, il la prendrait dans ses bras, elle poserait ses mains fraîches sur son crâne, et ils se consoleraient de tout ça.

CHAPITRE 12

À défaut de trouver les mots justes, le diplomate ressert du vin, demande une carafe d'eau, un supplément de pain, et confie qu'il suit la fin du match de loin. Il aime le foot et même si les Anglais l'emmerdent parfois royalement, il est pour Manchester tout simplement parce qu'ils sont les meilleurs, et puis il lâche ne vous tourmentez pas inutilement. Pour éviter d'être stupidement provocatrice, la monteuse lui demande de bien vouloir l'excuser une seconde, prend sa panique sous le bras et file à son tour côté lavabos. Elle découvre une autre salle derrière le bar, plus vaste encore, un restaurant immense avec de vraies tables, des gens dînent ici à voix basse comme dans une soirée de gala, verres en cristal, souris d'agneau et tout le tralala. Comment peut-on se retrouver ici un soir de semaine, et vouloir se restaurer avec autant de complaisance tandis que sombre le monde, nappe blanche à l'ancienne sur le pont supérieur du *Titanic* ? « Tu cales, s'adoucit la voix. Surenchérir ? Sortir de ta besace des mots absurdes, des phrases chantournées comme on n'en fait plus, montrer que tu sais aussi faire des claquettes, brouiller la situation, la saturer dans une danse du langage comme on noie un chaton au fond d'un puits, tout ça pour quoi ? Éviter qu'à nouveau cet homme étrange, ignorant tout de son propre mystère, pose encore une main sur ta cuisse, se penche pour un baiser ? »

La fille se perd maintenant dans un dédale de couloirs moquettés du sol au plafond, toujours cette maudite couleur prune qui rétrécit l'espace, et puis des arobases et des dièses en néons jaune citron viennent, voilà autre chose, illuminer un chemin qui passe devant des ascenseurs avant de bifurquer à nouveau vers l'entrée. Aux lavabos, elle s'asperge le visage d'eau fraîche, croise son regard dans le miroir qui demande encore qu'est-ce que tu fous là ? « Il te plaît, c'est grave, on appelle le SAMU ? gronde la voix plus sobre qu'à l'ordinaire. Personne ne te demande rien. Tu résistes, tu rechignes, et quoi ? Le jeu est grand ouvert. Lâche ton banc de montage, champs et contre-champs on s'en fout, ce soir ce n'est pas toi qui choisis les plans, laisse faire. » Ici n'importe quels amoureux normalement constitués préféreraient se taire et se renverser pour s'embrasser longuement, la monteuse est parfaitement au courant, merci. Lumières éteintes et silence tout autour, ne plus jamais de la vie avoir à prononcer aucun mot, ne plus voir aussi crûment tout ce qui entrave le désir, oublier toutes les très bonnes raisons qui font barrage à l'amour, et s'étreindre dans une nuit sans fin. Elle respire un grand coup, tente de dompter ses boucles brunes vite fait, et retour dans l'arène violette.

L'apercevant à nouveau, le diplomate soulagé joue les désinvoltes, vous m'avez fait peur, j'ai cru que vous aviez pris la poudre d'escampette ! La fin du match approche, elle vient de louper le deuxième but anglais, les Espagnols sont dégoûtés, voûtés comme s'ils venaient de se prendre le ballon en plein dans le ventre. Blanche, mais qu'est-ce que tu fais là ? Blanche, mais ça alors ! Un brun aux cheveux poivre et sel, blazer et barbe de trois jours, se plante les yeux ronds devant le canapé. Blanche ! Tomber sur toi ce soir, j'hallucine ou bien ? Toi ici, c'est une folie, un truc de dingue ! On est là-bas, on squatte le grand salon au bout du couloir, j'ai organisé une teuf un peu classe pour mes parents, mariage, enfin remariage, longue histoire, oh pardon, bonjour monsieur, enfin bonsoir, pardon j'ai picolé, du champagne tip top, j'ai vu grand, je voulais un truc qui déchire, mais putain Blanche, ça fait longtemps ! Jamais tu m'as rappelé, ça se fait trop pas, t'as abusé. Chuis un sentimental moi, et pourquoi je raconte tout ça ? Que le passé aille se faire pendre par les couilles, enfin pardon monsieur, chuis vulgaire, vous devez être le papa, enchanté, moi c'est Ben, tout simplement. Je suis très famille, venez vous joindre à nous, c'est Ben qui régale. Champagne à volonté, on est comme ça, nous c'est la clique du cœur sur la main, vous êtes les bienvenus, on est des gens simples, c'est bon enfant et c'est de la balle. La fête, une fois de temps en temps, on a tellement des vies de cons, vu l'ambiance en ce moment on peut se permettre, sérieux Blanche, viens je te présente ma mère, et du coup ma femme et mes filles, mes potes et ceux des parents, voyez monsieur, y'a des vieux aussi, on boit un coup, on oublie le reste, c'est le cœur qui parle. Blanche sérieux, ramène-toi, cette teuf c'est du premium, ça me rendrait juste heureux, voili voilou, j'y retourne, à tout de suite !

Blanche ? Le diplomate tourne un visage grave vers la fille qui se marrait jusqu'ici. Blanche, c'est la première fois qu'il entend ce prénom. Pour lui, elle s'appelle autrement. Blanche, qu'est-ce que c'est que cette histoire ? Il a fini de baguenauder, il n'a plus le cœur à la rigolade. Il est perdu, Blanche, c'est votre prénom ? Vous vous foutez de moi depuis le début ? Avancer dans la vie sous un nom d'emprunt, c'est un truc de sournois, de lâche, de traître, vous me mentez sur l'essentiel ? Il est trahi, il est furax. Il dit regardez-moi dans les yeux madame : Blanche ?

ACTE 3 – LES CHOSES SÉRIEUSES

CHAPITRE 1

Fin du match, Real ratatiné, 1-2. Sur le terrain les mecs en short, ruisselants et humiliés, s'en vont tête baissée vers les vestiaires, tandis qu'ici déguerpit la petite troupe dégrisée des collègues espagnols. La fille-cheval a gagné son pari mais dios mío qué mierda, la soirée est gâchée. Une ambiance plus feutrée s'installe sous les pampilles synthétiques, en même temps qu'une nappe de silence plombée entre le diplomate au regard noir et la monteuse qui ne comprend pas vraiment ce qui le met dans un état pareil. À une table de distance, un couple banal, la quarantaine à tout casser, engouffre un club-sandwich sans affect apparent, picore une frite d'un air maussade. Vêtus du même pull à rayures, valise identique à leurs pieds chaussés des mêmes chaussures de marche, ils semblent n'avoir plus rien à se dire depuis longtemps, mais que sait-on de la vie tumultueuse des couples ? La femme au pull rayé s'arrête entre deux bouchées pour fixer la grande brune d'un regard glacial, une moue dédaigneuse, un genre de dégoût, pourquoi ? Si tout le monde se met à lui en vouloir, pense la monteuse, c'est qu'ils ont de bonnes raisons. Est-ce aussi à cause de cette histoire débile de prénom ? « Rien à voir, l'Italienne te voit comme une pute, alerte la voix en mode signal d'alarme, ma main au feu, une pute qui se tape un vieux friqué. » La fille toise la mangeuse de sandwich et plante ses yeux dans les siens sans mollir. Une pute ? Elle fixe le pull breton, une pute, tiens donc, et pourquoi pas ? Dieu sait l'énergie qu'il faut pour augmenter sa vie, trouver des chemins de traverses, alors pute, l'idée la revigore, la consolide, elle en a besoin. Après une joute silencieuse, l'Italienne baisse les yeux, au moins ça de gagné.

Le diplomate est sombre, concentré. Vague brouhaha en bande-son, quelques bruits de couverts recouvrent *Summertime* d'Ella Fitzgerald. Blanche ? Et si cette fille n'était qu'une menteuse, usurpant son identité, trichant sur tout le reste ? Il s'est tout à fait repris et le voilà d'attaque, couteaux affûtés. Il ne frappera pas en frontal, pas pour un motif qui pourrait paraître aussi dérisoire, non, avec cette fille sur la défensive, il a pensé, mieux vaut la jouer tactique, avancer en zigzags, brouiller les cartes, semer le dawa. Il sait faire. Alors il bombarde de questions, un milliard de questions en guise de représailles, en attaquant d'abord au large, par la périphérie. Il demande pourquoi faire ce travail plutôt qu'un autre ? Il demande des détails techniques, comment fonctionnent les machines, comment va-t-on rechercher un fragment de témoignage, pourquoi celui-ci plutôt qu'un autre ? Doit-on tout dérusher dans les moindres recoins, noter tous les Time Code ? Qui vérifie en dernier ressort qu'on n'a pas tronqué la parole d'un témoin, manipulé une scène pour la rendre contraire à la réalité, par malveillance, par conviction, par erreur, par bêtise ? Est-ce exact que l'on monte d'abord un bout-à-bout, un squelette des séances entre elles, dit ours ou BAB dans votre jargon ? Est-il vrai, le cliché qu'il imagine quand il passe sur un plateau le temps d'une interview, l'adrénaline du direct soudant les équipes, les grands reporters qui tournent la tête des filles, les présentatrices qui rendent dingues les mecs ? Êtes-vous fière, au moins de temps en temps, du travail accompli ?

Il est loin le moment de l'abandon. Elle est loin, la douceur furtive. La délicatesse est un vieux souvenir. Le nom de Blanche est passé par là, le diplomate a repris ses billes et c'est un Stuka, un bombardier de la Luftwaffe pilonnant en piqué un territoire ennemi, prêt à toutes les digressions pour planter sa flèche pile au moment où il le sentira. Savez-vous que le guépard est l'animal le plus rapide du monde ? Qu'il sprinte jusqu'à 110 km/h, capable de bonds de huit mètres de haut, et qu'il est pourtant moins endurant que les hommes ? Avez-vous un livre préféré, un film élu entre tous, êtes-vous capable d'un choix aussi drastique ? Le gecko ne s'hydrate qu'une fois par jour, en se léchant les yeux à l'aube pour recueillir la rosée, vous le saviez ? Le génome du riz contient 50 000 gènes différents, quand nous n'en avons que 26 000, ça vous inspire quoi ? Avez-vous déjà pris des hallucinogènes, mezcal, peyotl, ayahuasca, pour traverser la peur de la mort une fois pour toutes ? Réalisez-vous qu'au XVIIIe siècle un enfant sur deux mourait au cours de sa première année, et une femme à 36 ans en moyenne, après treize grossesses ? Comment se fait-il que je peine à croire que vous ayez porté un enfant ? Êtes-vous du matin ou du soir, plus bain que douche, frileuse même l'été, sucré ou salé ? Ahurie, la monteuse ne comprend rien, pourquoi ce ton, cette dureté, il se passe quoi ? Lui réarme sa kalachnikov, arrose tous azimuts. Une otarie peut identifier son petit par l'ouïe parmi 80 000 congénères, croyez-vous à l'instinct maternel ? Avez-vous un chien ? Pourquoi ai-je autant de mal à vous imaginer avec un bébé dans les bras ? Quelle mère êtes-vous ? Croyez-vous à la métempsychose ? Envisagez-vous possible qu'un objet, disons surnaturel, genre une pierre, puisse détenir les secrets de la vérité du monde et les murmurer à un humain ? Pourquoi avoir voulu un enfant ? Pourquoi tremblent vos mains, et pourquoi cette obstination à le cacher ? Pourquoi vous montrez-vous volontiers plus hésitante et incertaine que vous l'êtes en réalité ?

En face, pas le temps de dire ouf, zéro répit, ennemi annihilé. Tout juste la fille a-t-elle le temps de penser tout est de ma faute. Elle pourrait réunir une cellule de crise et faire fusiller sur-le-champ l'autre imbécile surgi des limbes avec son souvenir de Blanche, pour quoi faire ? Ce prénom, Blanche ou un autre, pourquoi serait-ce si grave ? Puisque le diplomate le prend sur ce ton, elle pourrait le planter là, se lever et partir, ça va bien. En réalité, elle voudrait plutôt s'évanouir, disparaître, tout plutôt que décevoir. Les guides et les anges facétieux, qui régissent son karma en coulisse, sont-ils en train de lui faire un plan caméra cachée ? Elle voit monsieur avancer ses pions, et note malgré tout qu'il ne sait pas être complétement cruel. Il reste candide sous le calcul, loyal sous la blessure. Ses questions le racontent plus que toutes les réponses du monde, mais l'heure est à la joute, il s'acharne.

Bourgeoise ou fille du peuple, de quel milieu venez-vous ? Vous ne dites jamais rien de vous, on se demande pourquoi, avez-vous une région d'origine, au moins de cœur ? Des souvenirs joyeux de l'enfance, des albums de famille où vous faites des grimaces ? Un refuge secret, loin de la ville, où vous courez quand tout va mal ? De l'argent de côté, une petite cagnotte au cas où ? Le diplomate la décortique comme n'importe quel dossier.

Pensez-vous que l'intuition soit réservée à un seul sexe ? Savez-vous l'effet que vous me faites, vous qui êtes tellement femme ? Quelle idée avez-vous du couple, fusionnel ou rien ? Avez-vous de vrais amis, êtes-vous capable de les appeler quand tout part en sucette ? Pensez-vous pouvoir jouer avec moi comme avec un jouet ? Je ne vous imagine pas investie dans les tâches domestiques, vous cuisinez ? Êtes-vous en guerre contre la galanterie ou c'est un genre que vous vous donnez ? Savez-vous apprécier la solitude, la vraie ? Avez-vous fait une psychanalyse pour dépasser vos traumas infantiles ? Versez-vous dans le catéchisme de la résilience obligatoire ? Quel père avez-vous eu, un père manquant dont vous cherchez la trace chez tous les hommes rencontrés, un père solaire qui vous condamne au statut d'éternelle petite fille ? Aimez-vous le *Boléro* de Ravel chez Lelouch ou faites-vous partie de ceux qui le trouve ringard ? Vous abaissez-vous de temps à temps à dire la vérité, ou laissez-vous ce genre de bas morceaux aux gueux ? Collectionnez-vous les amants, pour vous aérer un peu la tête, comme on dit dans les magazines ? Lisez-vous de la poésie, ou c'est aussi un genre que vous réservez aux ploucs de l'ancien monde ? Faire la fête, vous apprêter, danser jusqu'à l'aube et lâcher prise sur le réel, ça vous arrive ?

CHAPITRE 2

Face au silence de la monteuse, face à ses yeux écarquillés et son murmure qui dit je ne sais pas, il se moque. Mais si, vous savez bien sûr, vous savez tout. Vous vous défilez, ce n'est pas votre genre. Ces messieurs-dames passeraient-ils au dessert ? interrompt le serveur, raide comme un piquet, un torchon sur le bras, le cheveu désormais en bataille, lui jusqu'alors parfaitement gominé. Merci non, rembarre le diplomate, tout à son offensive. Vexé, Ali tourne les talons en bougonnant un genre d'insulte. Vous êtes songeuse, je vous ennuie ? Monsieur reste un grand sensible, il voit la fille perdre pied, mais c'est un inquiet qui persiste. Cette histoire de Blanche est peut-être anecdotique, peut-être pas, quoi qu'il en soit elle le blesse, l'écorche bien plus qu'il ne le voudrait. À qui ment cette fille, dont il croyait sans l'ombre d'un doute connaître au moins le nom ? Il sait prendre des tangentes quand il le faut, mais jamais il ne triche avec le réel, plutôt crever, jamais il n'a pu supporter quiconque avance en crabe, c'est sa limite. Se faire appeler X quand on se nomme Y, c'est forcément minable. Se présenter au monde masqué, c'est bon pour les voleurs, les criminels et les collabos, point barre. Il est déçu, plus exactement il craint mortellement de l'être, et tout en lui refuse cette brûlure. Au fond, est-elle si exceptionnelle, cette fille qui fait battre son vieux cœur lassé des simulacres du monde ? Son aigue-marine, sa boussole spirite en tout temps, son seul point d'ancrage dans l'existence, aurait-elle perdu le nord ? Jusqu'ici, la pierre de tous les bleus du monde, sa Santa Maria du Brésil, lui avait révélé sans flancher le vrai sur les êtres rencontrés, et il avait eu le loisir d'affiner ses messages. Pour tous les choix importants de sa vie, elle l'avait guidé sans faillir. Depuis le début, il était bouleversé de trouver chez la monteuse et bien malgré elle une authenticité rarissime, un genre d'oasis dans le désert aride des conventions sociales, mais s'il s'était fait avoir comme un bleu ?

Pour qui votez-vous ? Avez-vous lu le dernier rapport du GIEC ? Si je vous propose un joint, un rail de coke, un buvard, vous le prendrez avec moi ? Le diplomate pilonne encore. La fille bat en retraite, glisse sous la surface des mots. Elle le pensait plus tendre, mais découvre sa face tranchante. Elle se réfugie dans un silence sans nom, dense et vieux comme le monde.

Une nuit sans vent, sans lune. *Soyons taciturnes ensemble, que mon secret touche le tien, que ton silence me ressemble*, ces mots oubliés volent à son secours, c'est une prière muette. Si elle avait été une autre, elle aurait pu lui murmurer cet air à l'oreille. C'est un sentimental, il se serait sans doute adouci, ces mots lui auraient fendu le cœur et ils se seraient enfin compris, dommage. Une autre fois peut-être ? Monsieur n'a pas des années devant lui, le sablier arrive à son terme ou presque, alors dans une autre vie ? En surface, les bombes sifflent encore. Embarqué sur son char, il sait parfaitement qu'il en fait trop, des tonnes même, il est ridicule et il le voit, son excès, se cogner aux murs du salon pourri, mais en fou furieux il creuse encore, c'est plus fort que lui. Jusqu'alors il avançait désarmé, mais s'il s'était fait plumer comme un naïf, un gogo ? L'idée est insupportable. Il doit savoir. Sous les appliques mauves, sur les canapés prune, derrière la hype synthétique qui fait l'identité dupliquée de ce petit recoin sans âme de la planète mondialisée, le laid et le trivial rôdent désormais, deux panthères affamées tournent autour du canapé. La valse des questions souffle le chaud et le froid et, pour la fille, c'est un brasier de plus en plus intenable. Depuis toujours elle a pour réflexe premier d'en dire le moins possible. Cette curiosité agressive, l'idée d'avoir à se dévoiler de force, tout la répugne.

Est-ce qu'elle s'est trompée elle aussi, sur toute la ligne ? À cause de son âge à lui, à cause de leurs mondes si différents et puisque rien n'était là pour durer, elle a cru à une rencontre hors de l'espace et du temps, abritée par l'éphémère et le secret, sans désir de saisie de part et d'autre. Jalousie et curiosité mal placée zéro, pas de comptes à rendre, pas de plans sur la comète. L'amour sans rien vouloir, dépouillé de ses scories. Une exigence trop haute, finalement intenable ? Elle a cru, dès le premier dîner et puis dans leurs baisers, pouvoir être accueillie tout entière. Elle a senti s'ouvrir un chemin rare, celui d'une liberté qui consent aux contradictions et aux zones d'ombre, sans injonction à les éclairer. Elle a cru encore pouvoir se montrer parfois rugueuse et parfois tendre, et qu'il voulait bien tout, sa fantaisie et son monde en lambeaux, ses vérités et ses mensonges, est-ce qu'elle s'est fourvoyée dans les grandes largeurs ? L'amour gratuit, bien au-delà de son objet, l'amour rarissime, enfin rendu à sa pureté, elle y a cru pourtant avec cet homme dont elle n'attendait rien. Ce n'était pas si simple, on a vu comme elle bataillait avec ses propres résistances, mais sur le fond elle était partante et s'aventurait avec lui comme dans les faubourgs d'une ville du bout du monde, dépourvue de codes et de repères, débarrassée de sa gangue d'habitudes et de mots, la curiosité ouverte aux quatre vents et la possibilité de la beauté à tous les coins de rue. Est-ce seulement envisageable entre deux êtres humains ? La voilà prise sous une rafale de questions pour une ridicule histoire de prénom. Certaines auraient pu ouvrir des mondes entiers dans d'autres circonstances, pas maintenant. C'est nul. Est-ce qu'elle l'a surestimé ?

Le serveur balance sur la table deux verres d'eau et l'addition. Où étiez-vous le jour de la chute du Mur et le 11-Septembre à 12 heures GMT ? Le diplomate persiste. Craignez-vous le temps qui passe, les possibles qui se referment les uns après les autres ? Comment vivez-vous le fait d'être mère d'un garçon plutôt que d'une fille ? Savez-vous que la baleine franche de l'Atlantique nord est au dernier stade de l'extinction, que la menace de la disparition plane sur moi comme sur le dauphin de l'Orénoque, la noix de macadamia ou le chêne du Japon ? Gardez-vous des albums de famille, histoire de verser une larme sur les vieux souvenirs ? Savez-vous que vos yeux ne sont jamais du même bleu ? Pourquoi Blanche, pourquoi mentir sur un truc aussi important bon sang, à qui racontez-vous n'importe quoi, quel est votre vrai nom ? Nous y voilà.

« Réponds bordel, c'est pas compliqué, joue pas au con, désarme ! » craque la voix soudain apitoyée. Le coup de l'enfance, pourquoi pas ? pense plutôt la fille farouche, blessée par le bombardement. L'enfance, dans un scénario ce serait le moment de monter ce genre de confidences en mayonnaise, rupture de ton oblige, pour se sortir de manière touchante d'une impasse vaine, bête et méchante. Et si elle lui racontait celle d'une fillette du Puy-de-Dôme, un puits et un dôme, c'est ce qui lui vient, le très bas et le très haut, amusant, parents ouvriers chaleureux qui l'auraient emmenée avec sa sœur chaque dimanche soir au cinéma ? Si elle inventait plutôt une fratrie de garçons, déconnant en Kodachrome dans un vieil album, couleurs saturées de rouge, chaque été dans un camping de Larmor-Baden ? Mieux, si elle livrait plutôt un traumatisme, un secret de famille, un père alcoolique et violent, une sœur morte d'une leucémie à 7 ans, un accident de voiture emportant sa mère, un vrai traumatisme pour se donner de la consistance, une épaisseur psychique, un truc grave pour le calmer ? Non. Elle voudrait juste pouvoir sortir de sa planque, brandir un drapeau blanc bricolé dans un drap, les yeux qui pleurent à cause la poussière, titubant sous la pleine lumière, bras écartés pour montrer sa bonne foi, son innocence, en hurlant à pleins poumons Peace, Peace ! Monsieur la dévisage en silence. Il attend. Un mot, un seul, et tout pourrait être oublié. C'est arrivé entre eux une fois, tout avait failli basculer. Il s'en souvient en reprenant son souffle, un peu dans ses petits souliers malgré tout, gêné aux entournures d'avoir été si lourd. Le jour où c'était arrivé déjà, c'était lors d'une balade dans Paris, il y a trois semaines à tout casser, lors de leur troisième rencontre. Il avait attendu pareil, en scrutant le mystère du visage pale à la Modigliani, le mot qui changerait tout.

CHAPITRE 3

C'était un mardi après-midi beige et gris, une rencontre face au Luxembourg. La monteuse en gardait le souvenir d'un gag malheureux, celui de la chute d'un clown, d'un lamentable gadin, d'un roulé-boulé du pire effet, mais pas seulement. À la fin du fameux dîner à la main caressée des Invalides, elle s'était jetée dans un taxi, esquissant un bref salut avant de lui tourner le dos, persuadée de ne plus jamais vouloir le revoir. Se tirer, et vite. « Il ne s'est pourtant pas passé grand-chose chère madâââme, se gondolait la voix surexcitée, c'est quoi ce trouble ? » Parce qu'elle avait parlé d'elle plus qu'elle ne l'aurait voulu, parce qu'elle avait été charmée, parce qu'elle avait été docile ? Elle s'était vue laissant sa main sur la table, elle s'était surprise en poupée molle, ne trouvant ni la force de dire non, ni l'élan de dire oui. Rien de grave ? Mais les jours d'après, entre eux quelque chose d'imperceptible avait changé.

Dès le lendemain au téléphone, le ton était devenu badin, moins sérieux, plus blagueur.

Évidemment, et c'était bien commode, ils évoquaient le film dont le tournage avait commencé, sur lequel elle n'avait pas à se rendre mais qu'elle pilotait à distance avec le réalisateur. Évidemment, ils se mettaient d'accord, professionnels et conséquents, sur ce qu'il convenait de dire et de montrer, pour qu'ensuite elle puisse avoir sous le coude des rushes dignes de ce nom. Mais la conversation s'égaillait bien vite sur d'autres rives, c'était un petit bateau en papier filant entre fantaisie et gravité, et quelque chose se passait que ni lui ni elle ne pouvaient nommer. Elle l'étonnait. Comment pouvait-elle être cette fille, cette professionnelle avisée, cette femme mariée de longue date et cette mère d'un adolescent, et vivre en flambant dans un feu permanent, être dans un même mouvement aussi intense et incertaine ? Monsieur la faisait marrer. Comment pouvait-il être à la fois délicat et taquin, et si peu sûr de lui malgré les apparences ? Jamais la fille au désir empêché n'en prenait l'initiative, mais incidemment, l'air de rien, elle s'était mise à attendre ses appels. Il l'avait fait d'abord un jour sur deux ou trois, puis chaque jour ou presque, au fil des lieux improbables où le menaient ses longues jambes. Pourquoi prenait-il le temps, dans un agenda surchargé de mille choses plus importantes, de s'intéresser à sa petite personne ? Être considérée avec autant d'attention par un homme en charge d'affaires hautement plus décisives, la fille n'en revenait pas. « La dioxine, les fruits toxiques et la fin des papillons, labourait la voix intarissable, la panique sans nom que ça crée en toi, incapable d'assumer face à ton fils l'état du monde que tu lui laisses, voilà un homme les mains dans le cambouis du tragique, est-ce cela qui te rassure ? Malgré le cataclysme, le vieux prend le temps de te reconnaître, espèce de ruisseau en voie d'évaporation, de te trouver digne d'intérêt, est-ce cela seulement qui t'attire ? » Au bout du fil, le diplomate parlait beaucoup, plus qu'elle, il jetait tout dans la bataille, généreux, sans filet. Elle aimait le ronronnement grave de sa voix, sentait à distance ses effluves de tabac et de fleur d'oranger. Il aimait ses ellipses, sa franchise abrupte au détour d'un silence, ses tacles l'air de rien. Et puis il s'interrompait pour demander savez-vous depuis combien de temps nous parlons ? Alors il annonçait triomphalement, heureux comme un enfant car après tout c'était bien la preuve de quelque chose, eh, j'aurais parié une vingtaine de minutes, mais mon téléphone affiche une heure douze, c'est un signe ! Après plusieurs semaines à ce rythme, ils finirent par convenir d'un autre rendez-vous.

Ce jour-là, le diplomate passait une bonne partie de la journée à Paris, claquemuré au Sénat avec une délégation allemande. Au menu, un gigantesque bras de fer financier impliquant l'Union européenne pour le sauvetage des forêts. Tout entier dans l'élan, il avait dit imaginez la splendeur du combat ! Avec un enthousiasme de propagandiste, il avait détaillé les châtaigniers calabrais de Sila, les chênes-empereurs polonais de Bialowieza et les hêtres croates de Plitvice, les arbres vieux de 2 000 ans de Sherwood et les conifères finnois d'Oulanka, sans compter les merveilleux épicéas slovènes de Triglav. Ces arbres sont l'origine du monde, la part la plus solide de nous-mêmes, l'Histoire maintenue en vie, bon sang, ça vaut le coup, non ? Raquer, les Allemands n'étaient pas chauds. Les résineux de leur Forêt-Noire se portaient très bien, merci. Éparpiller leur oseille sagement récoltée pour les parcs naturels moins bien gérés par les Polonais ou les Croates, *nein danke*. Les Teutons doivent mettre au pot, poursuivait le sauveteur de l'apocalypse, leur feu vert entraînera mécaniquement les autres pays dans la danse, ce n'est plus leur responsabilité, c'est leur devoir. Le monde s'asphyxie, eux avec, ils n'ont pas le choix, je les aurai ! Il fanfaronnait au téléphone, omettant de dire que les pins sylvestres des Landes chéries de son enfance figuraient eux aussi dans la liste des espèces à protéger, motivation supplémentaire. Il avait proposé de se retrouver vers 16 heures devant les grilles du jardin *sehr schön* du Luxembourg. Ils auraient une bonne heure pour marcher tranquillement jusqu'à la rive droite, place de la Concorde où l'attendait un autre rendez-vous, et si elle était d'accord, si elle était disponible, ils pourraient faire la balade ensemble ? Une heure ce n'est pas grand-chose, mais en votre précieuse compagnie, ce serait déjà merveilleux, allez, dites oui ! Elle avait dit oui.

« N'y va pas ! La voix avait freiné des quatre fers. Baguenauder par téléphone, c'est bien joli, mais dans la vraie vie tu n'es pas outillée pour ce genre de péripéties, gaffe, péril, halte-là. » En acceptant cette troisième rencontre, la fille le savait, elle s'engageait un peu plus dans une eau dont elle se défiait pourtant. Depuis quelques semaines, elle se voyait avec dégoût d'une gentillesse redoublée à la maison, enjouée et serviable, prise par des élans de vraie tendresse pour son mari. Un homme entier et parfois rude. Obsédé par ses patients, sa responsabilité et ses problèmes d'organisation à l'hôpital, la gestion de son cabinet constamment entravée par les gaffes d'une vieille assistante rugueuse, incapable de caler sans erreur le moindre rendez-vous, mais à laquelle, en grand sentimental, il restait déraisonnablement attaché. Cherchant chaque jour à être le meilleur docteur, le meilleur chef de service, le meilleur mari, le meilleur père avec ce fils qu'il se reprochait de ne pas voir grandir. Emberlificoté dans ses loyautés, il se débrouillait à vrai dire plutôt pas mal, mais à ses propres yeux ce n'était jamais assez, et ce regret occultait tout le reste. Il y avait autre chose. Une hantise du temps qui passe en calcinant ses souvenirs, un filtre sépia posé en permanence sur le présent, la perception en temps direct des choses qui se sauvent. Son écosystème fabriquait une nostalgie du présent en continu, et cette brûlure le rendait irascible, parfois agressif. La fille le voyait se débattre, tâchait de le rassurer en gardant son calme et s'étonnait du miracle par lequel il finissait pourtant toujours ou presque par la surprendre. Si elle pouvait être exaspérée par lui comme par personne d'autre sur la terre, elle aimait les fois où il déposait sur son oreiller, comme à l'hôtel, une fleur, un chocolat. Dix-huit ans avaient passé depuis leur première rencontre. Elle en gardait le souvenir d'un claquement de fouet fissurant le réel au milieu d'une soirée lambda. À la seconde où il était apparu, ivre mort et étrangement sanglé dans un costume ringard, elle avait su que c'était lui et personne d'autre, avec une certitude qui la sidère encore. Je le veux. Elle l'avait eu et jamais regretté. Depuis, elle taisait ses états d'âme, c'était sa manière de prendre soin de lui, sa façon de l'aimer. Ses patients morflaient pour des raisons objectives, lui se défonçait pour les guérir, parfois même sauvait leur vie, fallait pas déconner. Considérés depuis un service de réanimation, les atermoiements de madame pouvaient légitimement aller se faire voir. Cette distance entre eux lui convenait parfaitement, l'espace ainsi dégagé laissait le champ libre à ses rêveries de toujours.

Fallait-il pour autant renoncer à cette balade dans Paris qui serait leur troisième rendez-vous ? Contrairement à ce que lui tambourinait la voix avec la délicatesse que l'on sait, contrairement à ce que lui dictait l'ordre moral, au fond du fond et le plus sincèrement du monde, la monteuse ne voyait pas ce que l'existence de ce mari, intime secret déposé bien à l'abri dans une boîte hermétique, venait faire dans la balance. Avec le diplomate se jouait tout autre chose, qui ne regardait personne et les dépassait tous les deux, sans qu'elle sache encore exactement quoi. Bien sûr qu'elle était tentée d'en finir avec ce drôle de jeu, mais pas question de couper les ponts, enfin pas tout de suite. Le tournage était en cours, et si ce n'était qu'un prétexte, le film les liait pour l'instant. Mais après ? Après le montage, le mixage et même après l'étalonnage, une fois la grande œuvre achevée ? Disparaître ? Elle y pensait chaque jour. Ya basta, la petite plaisanterie ? Soit elle aurait le courage de le lui dire en douceur, et elle imaginait une scène poignante dans laquelle elle aurait le beau rôle de la petite bourgeoise, la larme perlant au coin de l'œil, l'impossibilité de l'amour pour des raisons sociales, et comme ce serait digne ! Soit elle serait lâche et dégueulasse et un beau jour, tac, elle ne répondrait plus au téléphone, plus jamais, arrêt brutal des réjouissances, numéro bloqué for ever, terminus tout le monde descend. Il était pugnace mais orgueilleux. Au début il insisterait, puis moins, et puis il s'effacerait pour toujours, affaire classée. On n'en était pas là.

Après tout, marcher dans Paris l'après-midi n'était ni un crime, ni une trahison. Dix fois pourtant, elle avait failli annuler. Par message, c'était vite fait. Dix fois, quelque chose en elle s'était obstiné. Crainte de décevoir, crainte d'être déçue, les deux ? Pénible valse-hésitation. « Tu veux quoi bordel ? » hurlait la voix exaspérée. Son désir était un sentier de montagne, indéchiffrable sous la poudreuse. « On rêve d'aventures, et on tremblote devant une balade ? se gaussait encore la voix. Une heure avec un vieux dans Paris, un type avec lequel il ne s'est grosso modo rien passé, vois dans quel état cela te met. Toujours tu aspires à autre chose, et quand l'inédit se pointe, tu te roules en boule, écoutilles fermées, mais la vie passe ma vieille, elle passe à tout allure. » Elle avait encore dit oui.

CHAPITRE 4

On peut maintenant visionner la scène, quelques minutes avant l'heure du rendez-vous devant la grille du Luxembourg. Extérieur jour/ Soleil pâle/ Place Saint-Sulpice/ Troisième rencontre. En zoomant rive gauche, on verra une fille apprêtée courir sur les pavés. La monteuse portait une jupe en soie bleue, des talons. En temps normal, les jours plutôt rares où s'enchaînaient les rendez-vous hors de son banc de montage, elle préférait les baskets. Ses escarpins chics, elle les gardait précieusement, comme pas mal d'autres choses pas pratiques de sa garde-robe, des trucs achetés sur un coup de tête, dans les moments où l'on rêve à d'autres vies et qu'au fil du temps on se reproche de n'avoir pas su provoquer. Ce jour-là elle les avait exhumés avec une certaine joie, considérant à tort ou à raison que le diplomate, avançant avec bravoure malgré son inquiétude sourde, méritait bien un petit effort. Elle voulait aussi lui montrer, et l'on sait désormais pourquoi, qu'elle était une fille comme les autres, capable d'assumer les attributs du féminin, simplement, sans en faire un plat. Et que, lorsqu'elle le voulait, elle savait y faire.

La monteuse courait donc sur le pavé, ravissante au milieu de la place, mais si elle était en retard, c'est qu'elle s'était perdue. Une fois, deux fois, dix fois. Ces rues pourtant, ce quartier, elle en connaissait parfaitement l'écheveau. Mais cet après-midi-là, la géographie se troublait, les artères elles-mêmes rechignaient à dérouler leur chemin, la ville résistait en bloc, Paris n'était pas d'accord. Ce jour-là, tel raccourci efficace et bien connu de ses services donnait sur une impasse. Alors même qu'elle savait mordicus que cette autre petite rue en biais débouchait sur la grande place, cette fois elle s'ouvrait sur le boulevard de derrière, c'était à n'y rien comprendre. Pendant vingt minutes, elle avait tourné en rond pour se retrouver toujours au même endroit, perdant son temps et sa patience. L'heure du rendez-vous était passée, mais cette fois elle reprenait ses marques pour de bon face à l'église et s'élançait à toute allure dans la bonne direction. Vite, sinon le diplomate allait s'imaginer qu'elle faisait faux bond. Elle courait désormais, un sprint filmé en travelling latéral. Prise dans l'élan, elle devenait une héroïne sublime en retard le jour de son mariage, se hâtant vers la mairie, tourbillon de soie blanche, brassée de pois de senteur, nuée de tulle virevoltant loin derrière, c'était beau.

Un plan plus large dévoilait la place bourgeoise aux impeccables proportions, quelques nuages dans le bleu d'un ciel étincelant, les pigeons et les façades fauves des immeubles bien rangés, l'eau de la fontaine balayée par le vent. C'était une séquence pour Japonais, une pub pour un parfum positionné à l'international. Portée par la puissance des images infusant chaque recoin du réel, elle courait plus vite encore. Son talon se coinça dans la jointure d'un pavé, bim. L'image se grippa brutalement, un plan de dix secondes passa au ralenti, d'abord son corps s'enroulant sur son côté gauche, puis se rétablissant sur sa droite, avant de s'affaler, lentement mais sûrement, droit devant sur le pavé, de tout son long s'écrasant, à plat ventre comme un enfant, jupe relevée sur les fesses, nez collé au sol et genou en bouillie. « Mirifique, superbe, génie absolu ! » La voix buvait du petit-lait. Vous avez mal ? Une jeune fille souple et souriante lui tendit la main pour la remettre sur pieds. Bien.

Cinq minutes plus tard, la fille arriva enfin face au jardin, l'air tout à fait naturel, s'excusant mille fois pour son retard, méprisant la douleur lancinante de son genou déjà gonflé, camouflant son collant déchiré côté droit. Je suis si content que vous soyez là, avait dit le diplomate visiblement soulagé, chaleureux et souriant comme un gamin. D'un seul coup, tout redevenait normal. Elle s'était étonnée furtivement de le trouver bien plus vieux que dans son souvenir, un quart de seconde elle en avait même été scandalisée. Ils s'embarquèrent l'air de rien dans une rue en pente douce, parlèrent posément du tournage en cours et elle oublia cette première impression. Il avait des appréhensions pour le tournage et craignait d'être mal compris, utilisé pour servir un propos qu'il n'épousait pas à 100 %. La monteuse avait atterri pour de bon. Elle le rassurait, elle était fiable et serait vigilante. Elle l'aidait à comprendre comment allaient s'agencer par la suite les séquences entre elles, l'incitait à rester prudent dans ses interviews, mais l'assurait qu'au montage elle rattraperait si besoin la plupart des coups. Faites-moi confiance, elle avait dit, je connais la musique. Monsieur était sanglé super-classe à la Cary Grant, costume bleu marine, chemise blanche, cravate à fines rayures, et la petite musique, il la connaissait parfaitement lui aussi. Ils jouaient en plan large le scénario classique du masculin et du féminin dans les rues affreusement lisses et ordonnées de Saint-Germain-des-Prés. Le soleil se pointait ce jour-là pour la première fois depuis des semaines, le vent orange était toujours en embuscade, prêt à en découdre, mais depuis quelques heures la lumière semblait vaincre la catastrophe, c'était un genre de parenthèse qui rendait la foule légère et oublieuse, incapable d'anticiper que dès le lendemain le ciel serait à nouveau enseveli par les vents mauvais et que la menace reprendrait ses droits.

Voilà donc le roi de cœur et la dame de pique se contant fleurette, deux Américains au Quartier latin, une comédie romantique se déroulant gaiement. La conversation lancée, le diplomate avait fait mine de n'avoir rien senti du trouble de la monteuse, semblant de ne pas voir le collant déchiré. Elle était soulagée d'être accueillie si entièrement, même en boitant légèrement du côté droit, heureuse qu'il lui accorde un temps volé aux affaires du monde, rien que pour elle, heureuse aussi de sa joie à lui. Sur le pont qui enjambait le fleuve, ils furent pris dans un attroupement. Un homme était méchamment plaqué au sol par deux types qui lui immobilisaient les bras et les jambes, tandis qu'un autre brandissait son portefeuille en beuglant c'est bon, j'ai ses papiers ! Le malheureux avait tenté de se jeter du pont. Les mecs n'avaient pas appelé une ambulance mais la police, depuis la levée des vents orange, les actes de désespoir en public étaient interdits, passibles d'amendes saquées et même de prison. Effarée, la fille avait murmuré on veut s'étourdir, on veut oublier, mais la catastrophe nous rattrape partout. Ce n'était pas son avis à lui, arrêtez vos bêtises, vouloir en finir, c'est vieux comme le monde. Il avait contourné les gens et accéléré le pas.

Gardant un œil sur sa montre, le temps passait si vite, en traversant le jardin des Tuileries il avait passé furtivement un bras sur son épaule, puis l'avait retiré. Il avait voulu lui prendre la main, avant de renoncer. La monteuse avait tout vu. Elle aimait sa maladresse, elle aimait qu'il en ait le désir, mais chaque geste la ramenait à une réalité qu'elle maintenait, avec une obstination suspecte, dans un flou plus confortable. Mais déjà se profilait la Concorde et l'heure du départ. Cette fois il la prit dans ses bras, et pour la toute première fois tenta un baiser. Elle le repoussa sans un mot et s'immobilisa. Vous me pardonnerez ? tenta monsieur faussement confus. Jamais, s'était-elle entendue dire sans bouger d'un pouce, sans savoir si elle n'avait pas avec cette réplique ridicule basculé pour de bon dans la fiction. Dois-je vous croire ? osa-t-il sur le même ton, à croire que la caméra tournait encore. Il scrutait son visage, il aimait ses yeux clairs, ses boucles, sa réserve, il aimait tout. Pour la séduire, il l'avait fait rire avec son histoire d'arbres et de forêts, mais chaque fois qu'elle avait ri, c'est lui qui était tombé amoureux. Cela ne lui donnait aucun droit. Elle pouvait piétiner tout, en faire exactement ce qu'elle voulait. Un mot, un seul, il l'a dit avec une gravité de statue, et je m'éclipserais pour toujours et sans commentaires. La scène était d'un autre temps, mais lequel ? La fille se dérobait, il le sentait, pourquoi ? Parce qu'il ne lui plaisait pas, parce qu'il était trop vieux, parce qu'elle était mariée ? Plus jamais il n'avait été question de sa vie privée depuis sa réponse à contrecœur lors de leur unique dîner. Depuis, il avait noté l'application méticuleuse, presque maniaque, avec laquelle elle laissait en dehors du champ toute allusion trop personnelle. Cette constance artificielle lui laissait penser qu'elle était du genre loyal, probablement déchirée à l'idée de se retrouver dans les bras d'un autre. Et lui ? Il fonçait bille en tête, insouciant comme jamais cela n'était arrivé. Cette rencontre avait été décidée ailleurs, en d'autres temps. Elle avait surgi, imprévisible et inévitable. Rien de si criminel qu'il faille appeler la police.

Ce qu'il ne voyait pas, et qui lui sautait aux yeux à elle, c'est que sur ce point précis leur différence d'âge rendait les choses asymétriques. Lui ne risquait plus grand-chose. Il était fier d'avoir mené sa vie au bras de la même femme, fier, il l'avait dit comme ça lors du premier dîner, et le mot avait sonné comme une victoire personnelle. Un pari au départ pas fait pour lui, jeune homme il tombait sous le charme d'une femme différente chaque jour ou presque. Mais s'il s'était accroché au mariage, c'était moins par morale que par amour, autant que par nécessité. Sa femme était le socle sur lequel il avait bâti son existence tout entière. Elle avait été fidèle au poste, sans se défausser, sans lorgner vers un autre horizon, sans disparaître, et c'était précisément ce dont il avait eu besoin. Bien sûr, lui avait eu des tocades, il n'était pas un enfant de chœur. Plus ou moins éblouissantes, d'intensités diverses, souvent médiocres, mais remarquablement peu, voulait-il se convaincre, comparé aux types de son âge et de sa génération. Il n'en n'avait rien dit bien sûr, c'étaient des détails sans importance. Sauf une fois peut-être.

C'est curieux parce que la nuit même il avait revécu cette vieille histoire presque minute par minute, une rencontre lors d'un colloque international. C'était il y a plus de vingt ans mais tout était palpable, complétement vivant. Le silence des nuits sans sommeil défait la linéarité du temps. Pris dans la glu d'un éternel présent, le passé revit en boucle. Alors il avait revu l'hôtel chinois aberrant planté sous le soleil d'été, la forteresse mégalo plantée au milieu de rien à cinquante bornes d'Oulan-Bator. Salles de conférences en pagaille, cinéma gigantesque, piscine olympique, colonnes dorées et bataillons de serviteurs, tout un luxe clinquant au milieu d'une steppe plus proche du terrain vague que de la prairie enchantée. C'était un sommet sur l'écologie, organisé à deux pas d'une gigantesque centrale à charbon moyenâgeuse, il fallait le faire. Portés par le vent, de minuscules points noirs poissaient tout. Des particules de charbon s'infiltraient dans les moindres recoins et dévoraient telle une menace sourde, une invraisemblable nuée de moucherons, le bâtiment couleur crème et les costumes clairs des invités. Il avait revu aussi l'escouade d'employées mongoles brossant, frottant, briquant avec frénésie la moindre petite tache du matin au soir pour faire disparaître l'infamie. L'ambassadrice suédoise était une grande blonde aux dents blanches et à humour pince-sans-rire, une classe naturelle irrésistible. Ils s'étaient revus ici et là, entre deux avions, elle avait la peau douce, six mois durant elle lui avait fait tourner la tête. Elle aurait pu l'embarquer dans son sillage s'il n'avait repris ses billes in extremis, rattrapé peut-être par son sens du devoir, plus sûrement par le besoin vital de stabilité que lui apportait sa femme. De cet éblouissement passé, il ne restait rien, pas la moindre émotion, juste un minuscule tas de poussière. Oui, avec sa femme désormais, la partie était gagnée, quoi qu'il arrive ils iront main dans la main jusqu'au bout. La monteuse ignorait cette histoire, mais elle l'avait compris. Et elle l'enviait.

Rewind. *Un mot, un seul, et je m'éclipserais pour toujours et sans commentaires*. À la fin de ce troisième rendez-vous, au terme de cette balade dans Paris, coincé entre Tuileries et Concorde, le diplomate lui avait donc mis l'affaire entre les mains. Sans jouer, sincèrement paré à toute éventualité, le cœur prêt à être brisé pour de bon, parfaitement conscient de mettre en jeu sur la table le dernier grand emballement de son existence. Un mot d'elle et le rideau tombait. Tout serait oublié, rendu peut-être à la poussière ? Il avait du mal à le croire, leur rencontre n'était pas une histoire de tous les jours, mais il se méfiait malgré lui du triste destin des éblouissements. « Lui mettre l'affaire entre les mains, finement joué, avait salué la voix en riant. Avec une meuf qui avance masquée et tient son désir à distance, c'est du grand art ! Alors ma grande ? » Une seconde passa. Deux, peut-être trois. Elle se pencha doucement pour l'embrasser. Il l'enlaça. Timide au début, et puis moins, le baiser leur tourna la tête. Il était doux et sensible, leurs lèvres se comprenaient mieux qu'avec les mots, puis elle se recula, au revoir monsieur, et se tira comme une voleuse, courant en boitillant à travers la place embouteillée sous le regard du diplomate, et puis s'engouffrant dans les petites rues qui, cette fois, l'accueillirent sans plus faire d'histoires.

CHAPITRE 5

En sont-ils revenus au même point décisif, ce soir, dans cet affreux salon d'aéroport ? Modalités différentes, même suspense. Le diplomate vient de la pilonner, il veut la vérité pour Blanche, un mot d'elle peut tout changer. Toujours tentée par le désastre, attirée par la terre brûlée, douce en surface mais parfois capable de la dureté de la pierre, la monteuse se tâte. Le sujet du malentendu est tellement absurde. Si une simple histoire de prénom suffit à faire tout vaciller, c'est bien la preuve que cette rencontre ne tient pas la route deux secondes, qu'elle est entièrement bâtie sur du vent. Un petit désir d'aventure pour se distraire par temps d'apocalypse, un petit frisson à bon compte pour se sentir encore un peu vivant, lui parce qu'il va mourir, elle parce qu'elle est égarée, à quoi bon ? Voilà ce qu'elle rumine. Elle voulait du beau, de l'intense, du définitif et du poignant, mais c'est peut-être juste minable, autant regarder les choses en face. « Arrête tes conneries, stop au bullshit, exhorte la voix. Ne bousille pas tout, c'est fragile ces trucs-là, démens, rassure-le, qu'on passe à autre chose. » Comment freiner ? Elle est déçue et pourrait aisément tout foutre en l'air. Repliée dans ses profondeurs, cadenassée, elle n'a ni la confiance ni l'audace qui l'autoriseraient à balancer tout le mal qu'elle pense de son petit jeu mesquin, surtout au regard de la pureté de l'amour. Tant mieux, autant éviter le ridicule.

Grande inspiration, dos droit et regard frontal, elle se jette dans l'eau froide. On rêve ou les lumières du salon se tamisent ? Sûr d'obtenir enfin sa vérité, pas loin de la considérer comme un dû, le diplomate traque le moindre signe. Elle n'a pas envie de répondre, elle le balance sèchement, sa vie ne le regarde pas, être disséquée comme un animal de laboratoire lui fait horreur. Elle n'a rien à cacher, elle l'assure qu'elle ne joue pas les mystérieuses. Mais si quelque chose mérite d'être vécu ici, elle s'aventure à reculons, alors on ne peut pas se contenter des légendes qu'on livre aux autres, même tissées de ribambelles de faits réels, qui échoueront à dire ce que nous sommes et que nous ignorons. Des questions, elle se garde souvent de lui en poser, est-ce que je vous demande par exemple pourquoi vous portez ce foulard rouge, ce qu'il signifie pour vous ? Elle avait remarqué sa soie fine, ses fils d'or et ses fleurs, elle avait pensé que cela ne pouvait pas être un hasard, qu'il y avait peut-être là une histoire, j'ai même imaginé la Russie, en tout cas l'Europe centrale, peut-être un truc de famille. Vous noyez le poisson, il répond sur le ton du reproche, un éclair de colère usée dans le regard. Ce foulard, je l'aime, c'est tout.

À ce sujet, monsieur se débrouille pour en dire le moins possible. Pas envie. Si on lui parle d'une fantaisie, d'un mystère ou du souvenir d'une généalogie qui se serait perdue, un truc compliqué de cet ordre, il laisse dire. À la fille, il ajoute que ce foulard lui plaît, c'est tout. Il l'achète chez une voisine, une couturière bosniaque arrivée de Sarajevo après la guerre, fin de l'histoire. Si l'on voulait savoir, ce n'était pas tout à fait exact. Elle ne lui dira pas combien ce foulard mêlé au parfum discret de fleur d'oranger et à celui de la clope lui donne un charme dingue, ce n'est pas le moment. Il ne lui dira pas non plus que son regard de loup ne l'a pas trompé, qu'au fond c'était pour lui bien plus qu'un bout de tissu, mais le roman d'une vie qu'il se bricolait au fil de ses nuits sans sommeil, un récit imaginaire tout entier contenu dans les replis des fleurs. Longtemps, il ne l'avait jamais porté ailleurs que dans les Landes, c'était son habit de liberté, loin des obligations. Mais depuis quelques mois, avant même de la rencontrer, peut-être était-ce d'ailleurs un signe annonciateur de quelque chose, c'était tous les jours, quel que soit le sérieux de ses rendez-vous. Comme un aveu silencieux, une brèche au cœur du monde dur, le désir de concilier enfin à l'air libre, tandis qu'approchait la rumeur de la fin, le masque de l'homme de jour et celui de l'homme de nuit. Sa femme levait les yeux au ciel, certains de ses amis ou relations s'en étonnaient, mais ce foulard l'aidait à tenir bon les jours où il n'arrivait plus à donner le change. Oui, à elle et à elle seule, il aurait adoré confier tout cela et bien plus encore, mais il lâche, crispé, alors, madame, Blanche ?

Cette fois elle se révolte ouvertement, on est sommé partout de décliner une identité, il faudrait clamer l'endroit ferme et définitif d'où l'on vient et celui d'où l'on parle, ce hold-up odieux, elle le vit comme une menace à la plus élémentaire des libertés, elle le refuse viscéralement. Le mystère qui fait ce que nous sommes, qui pourrait l'énoncer clairement ? Complétement d'accord, il approuve, je ne suis pas si con. Et alors ? La monteuse voudrait être comprise sans avoir plus aucun mot à prononcer, que cet homme au foulard comprenne ce que signifie vivre sans refuge, nulle part, sans consolation, hors-la-loi dans sa propre existence. En la regardant comme il le faisait, avec cette considération hors du temps qui était l'autre nom de l'amour, peut-être l'aurait-il sauvée de l'exil ? Ce n'était toujours pas le moment.

Lui : Répondez-moi simplement, dites la vérité c'est tout, on passera à autre chose. Pardonnez-moi d'être insistant, au ras des pâquerettes avec ce truc idiot, mais j'en serais infiniment soulagé.

Elle : Imaginez que je m'appelle Nathalie Dupion, Caroline Lia, Esther Valmondois, imaginez encore que mon nom soit Zoé Hartmann, Sabine Furet, Magali Tourneboule…

Lui : Oui bon, ça va. Et alors ?

Elle : Alors rien.

Lui : Quoi rien ?

Elle : Rien, ça ne changerait rien ! Un nom, admettez que cela ne dit pas grand-chose.

Qui elle est, il le sait peut-être mieux qu'elle-même, voilà ce que la monteuse pense à l'instant même, voilà ce qu'elle ne peut pas lui dire non plus, et pourquoi tout ce cirque ? Elle baratine encore un peu, s'acharne vainement, explique comment dans la vie on peut mentir sur le décorum, avec plus ou moins de génie, et comment lorsque l'on veut plaire, c'est pire que tout. Mais les tours de passe-passe, le diplomate en a vu d'autres, il veut sa réponse, et la cherche par un autre moyen. Ne me faites pas le coup de la multiplicité intérieure, c'est une autre conversation et vous mélangez sciemment tous les niveaux. Il sait qu'il est en train de la décevoir, tant pis.

Au risque de passer pour un pauvre type platement attaché aux plus petits dénominateurs communs de l'existence sociale, il lui dit comme ça, j'ai besoin de savoir pour Blanche. D'où sort ce prénom ? Est-ce le vôtre ? Si oui, pourquoi mentez-vous, à moi mais peut-être aussi à votre travail et à la terre entière ? Dites-moi la vérité, sinon je penserai qu'en mytho vous trichez sur tout. La sincérité de nos échanges est la chose la plus précieuse qui me soit arrivée depuis longtemps. Votre poésie inquiète me touche davantage que vous ne pouvez l'imaginer. Le fait d'avoir des sincérités successives, je peux le comprendre parfaitement, mais ne vous foutez pas de moi. Nous, êtres humains minuscules et magnifiques, avons établi depuis des siècles par la loi une base de repères biographiques. Ce pacte simple qui livre modestement quelques faits irréfutables, c'est l'état civil, nom, prénom, adresse, date et lieu de naissance.

CHAPITRE 6

La fille encaisse soudain un énorme coup de genou dans l'épaule, le serveur la percute, bascule en avant avec son plateau, deux verres de spritz valsent en aspergeant une table voisine. Deux parasols en papier mauve flottent sur la moquette au milieu des glaçons, et un type au pantalon blanc souillé, cravate en cuir, dandy de bar de nuit, se lève d'un bond et couine enfin quand même, espèce d'imbécile. L'oisillon qui l'accompagne empoigne une serviette pour planquer l'auréole orange collée sur sa robe blanche, pile au niveau de l'entrejambe. Laissez tomber, beugle Ali à plat ventre, c'est moi qui m'en occupe, c'est mon boulot. Le type l'insulte, sa compagne miaule calme-toi puis elle extirpe une cigarette de son sac et l'allume. Mais on se croit où ? braille encore le garçon aux yeux exorbités, il lui arrache la clope des mains, tire une taffe avant de l'écraser dans les cacahuètes, verboten !

Ça barde. Le diplomate propose d'aller fumer sur la terrasse. Ils atterrissent sur un carré de gazon synthétique. Les voilà debout sous un parasol publicitaire de limonadier, face à un mur aveugle orné d'un dessin en trompe-l'œil suggérant un pré féérique, piqué de tournesols. La pluie a cessé, le vent se cogne dans le mur d'en face, tête baissée comme un forcené. Monsieur replace une mèche de cheveu derrière l'oreille de la fille, lui tend une cigarette, l'allume. Elle voit son regard en point d'interrogation. Combien de personnes habitent dans ce corps ? Parfois elle le perçoit grand, massif, carré, parfois il lui semble plus filiforme, longiligne, qui est-il ? Combien d'inventions se bricole-t-on pour exister, combien de masques superposés pour faire tenir debout, tel un mobile de Tinguely, un semblant d'identité ? Elle n'aime pas cette conversation. Elle voudrait partir en voilier, cheveux dans le vent encore tiède de l'automne. Ou traverser des prairies verglacées, escalader des rochers brûlants, s'allonger en silence dans les tournesols du dessin, n'importe. Défoncer les portes, ouvrir les chakras et changer la glu du réel en eau de source. À quoi d'autre nous servent les petits mensonges de l'existence ? Si la monteuse mentait parfois, ce n'était pas forcément pour trahir. Juste une tentative pour agrandir l'espace, ouvrir le lit du temps, alléger le fardeau de vivre. Hors de question de s'en expliquer avec le diplomate sourcilleux, visiblement imperméable à ce genre de petite fantaisie. Elle voudrait encore lui plaire.

Pourtant mentir, par petites touches, c'était une tentation permanente ou presque, une possibilité d'évasion de sa prison, histoire d'aller prendre l'air, une aubaine pour échapper à l'enfer d'être soi, un truc pour provoquer la liberté, ouvrir au pied-de-biche le mur fermé des possibles, rien de grave.

Lui : Regardez bien ce gazon qui ré-enchante cette terrasse guillerette. Du polyéthylène à 75 %, brins de trois centimètres, environ 15 000 par mètre carré. Made in China par rouleaux de quatre mètres, trimballés en porte-containers. Modèle bien connu des chercheurs en microplastiques, et pour cause ! Champs, rivières, hauts plateaux, on en retrouve partout. Dans le placenta des vaches charolaises, au sommet de l'Everest, jusque dans l'Arctique, et récemment en mer de Beaufort, jusqu'à 1000 mètres sous la surface. Dégradés en nanoparticules, ils deviennent les supports de toutes sortes de bactéries marines, y compris pathogènes, qui partent en balade dans les courants pour contaminer tout ce qui se trouve sur leur passage. On aurait besoin du renfort de l'océan, petite, du secours des forêts. Et alors oui, peut-être, la question de la vérité vraie pourrait aller prendre l'air.

Blanche, laissez tomber, elle balance tout à trac. C'est totalement toc, du chiqué en barre, mon vrai prénom est celui que vous connaissez et avec lequel j'avance dans la vie comme tout le monde, zéro mystère, fin du problème. Blanche, c'est juste un prénom de secours, je m'en sers parfois pour m'échapper, essayer de vivre autre chose, autrement. Des prénoms de secours, j'en ai plein ma besace, parfois je m'en sers si l'occasion se présente, c'est toujours sans aucun enjeu, alors quoi ? C'est un divertissement sans importance, une blague puérile. Pourquoi cette colère ? J'ai aggravé mon cas, j'ai joué au con, c'est tellement idiot, je suis désolée. Le diplomate respire un grand coup, infiniment soulagé, il la remercie. Il s'excuse d'avoir été excessif, il sait que c'est incompréhensible de l'extérieur, mais tricher sur son prénom ou son nom, pour lui c'est tout sauf neutre, c'est même grave. Dans son cas à elle c'est peut-être différent, soit, admettons. J'ai sur ce point une entaille ancienne, il ajoute, mais je n'ai aucune excuse, j'ai exagéré et je m'en veux.

Même après cet absurde malentendu, le diplomate qui se garde bien lui aussi de dire toujours la vraie vérité, renoue avec la certitude de se trouver face à quelqu'un qui lui ressemble inexplicablement. Lui est-elle envoyée par le destin pour lui donner des nouvelles de lui-même, dont l'identité peut-être mise de côté depuis trop longtemps n'est pas non plus gravée dans le marbre ? Cet homme a mille visages, cela n'a pas échappé à la monteuse, habituée à scruter les traits de chacun, les expressions raccords ou pas avec ce qui est formulé. Elle sait reconnaître, au beau milieu d'un travelling filmé à l'épaule et mal cadré, un regard noyé au milieu d'une foule. Elle sait, pour couper certaines phrases dans une interview, trouver la faille, le moment le plus approprié dans l'expression du regard ou le mouvement des lèvres, pour glisser, au dixième de seconde près, un raccord invisible à l'œil nu. Chez l'homme au foulard, elle l'a parfaitement remarqué, cette brèche survient à tout moment. N'est-ce pas étrange pour un homme de son âge, chez qui on pourrait légitimement imaginer que les affects, les certitudes, les goûts et dégoûts se soient peu à peu sédimentés avec le temps jusqu'à former un corps compact, une tête de tous les jours, unifiée par les saisons, la même toujours, en tout lieu et en tout temps ? Il a plusieurs facettes totalement pas raccords, à chaque fois c'est bouleversant. Elle l'observe, c'est maintenant un éléphant sensible posé au milieu du jardin de plastique. Disparu, l'enfant blagueur. Le puzzle de nos identités n'est qu'un assemblage de pièces éparses flottant sur une mer gonflée de sel, elle pense, des morceaux de fiction mis bout à bout, un élixir qui se dérobe sans cesse.

Il fume en fermant les yeux. Quel est le mystère de cette fille, de quel passé est-elle rescapée pour trouver aussi gênant d'être un tant soit peu discernée, d'apparaître en pleine lumière ? S'ils avaient plus de temps à passer tous les deux ensemble, s'ils avaient ne serait-ce qu'une semaine tous les deux dans une cabane sur une plage déserte, enlacés ils pourraient peut-être se parler pour de bon, avancer désarmés, dire tout ce qu'il est impossible de formuler ici, puisqu'à force de se cogner au réel le langage retombe brisé en mille morceaux. Dans la vraie vie, il est tenté de balancer, jamais on ne garde l'entière maîtrise d'un récit. Inutile, elle est parfaitement au courant. Le diplomate rouvre les yeux sur le décor faisandé, voit ce parasol qui résiste par miracle à la tempête, voit ces murs noircis sur lesquels bute le regard, voit ce ciel orange qui pèse tel un couvercle. Je ne cherche pas à vous élucider, rassurez-vous.

Elle pose la tête contre son épaule, il ne bouge pas d'un pouce. Doit-on en déduire que la vie est toujours mieux faite qu'elle y paraît, combien cette rencontre est tout sauf fortuite, combien les guides et les anges du karma ne bricolent jamais les événements au hasard ? Apprendre, par la grâce de leur histoire, que si le sens profond de ce qui arrive toujours nous échappe, il existe bel et bien ? L'idée de l'existence d'un chemin tout tracé sous le désordre apparent de nos destinées est parfois bien amère, quand on y pense dans certaines circonstances terrifiantes de la vie. Mais à d'autres moments, comme dans un film de Capra, c'est plutôt pas mal. Monsieur lui prend la main, la retourne délicatement et dépose un baiser sur sa paume ouverte. Vous n'êtes pas assez couverte, rentrons.

Le serveur leur barre le passage, raide comme un soldat de la garde royale, il n'a pas fini d'en découdre avec la vie. La pupille totalement dilatée, plus défoncé encore, il gueule en oubliant qu'il a déjà posé la question, un fromage pour ces messieurs-dames, un dessert, une boisson chaude, ou bien une liqueur pour se faire plaisir ? La monteuse commande deux vodkas. Ils ont à peine le temps de s'installer que le serveur balance deux petits verres sur la table et démerdez-vous. Échappée du flot de tout à l'heure, une question revient en boomerang dans son esprit, une seule. Quelle mère êtes-vous ? Dossier sensible. Alors elle fait un pas de côté, s'extirpe mentalement du salon prune et on bascule avec elle dans un autre espace-temps.

CHAPITRE 7

Intérieur/Nuit/École maternelle, souvenir. Réunion de rentrée face à une institutrice. Plan large sur les corps immenses calés sur les toutes petites chaises. Des mères et quelques pères veulent comprendre l'emploi du temps, le contenu des ateliers, le menu de la cantine, l'ambition pédagogique. Ils évoquent la méthode Montessori, demandent le degré de plomb dans la peinture, qui est censé fournir les boîtes de mouchoirs, s'inquiètent d'une surconsommation de matières plastiques, est-ce éthique du point de vue écologique, sécurisé du point de vue sanitaire ? Les parents veulent savoir si une personne bienveillante accompagne les enfants aux toilettes, comment on fait pour la sieste, si on peut apporter un doudou. Ils souhaitent que la vidéosurveillance fonctionne dans les classes, qu'on attaque la journée par une méditation. Une mère refuse la classe verte qui s'annonce, une boulotte explique que sa fille doit porter le pendentif de sa grand-mère, une autre détaille pourquoi son fils est allergique au melon. Autre chose ? Ahurie d'être ici, la fille n'a pas de questions. Zéro. Elle regarde plutôt la nuit tomber par la haute fenêtre, les journées raccourcissent, que c'est beau l'automne, elle voudrait sortir de là. Courir, se jeter dans un lac pour une baignade volée au monde, s'endormir nue dans les herbes hautes. Quelle mère êtes-vous ?

Ce soir-là, coincée sur sa petite chaise, elle en avait les larmes aux yeux. Parce que les bruits de clés résonnant dans le couloir, la sonnerie rythmant les heures, les règles pour tout même se laver les mains, la peur tout le temps et les odeurs de purée, au secours. Ce n'est pas ce dont elle avait rêvé pour son enfant. La réunion s'éternise, au festival de l'angoisse parentale, la fête bat son plein. Un barbu geint parce que son fils n'est jamais invité chez les autres. Une blonde refuse que l'animateur du centre de loisirs approche un cheveu de sa fille. Quelle mère êtes-vous ? Si elle avait été dénoncée ce soir-là, elle aurait été signalée à la Ddass, c'est sûr, déférée devant un juge et vu son fils placé en famille d'accueil.

On récapitule ? Bien accrocher son manteau le matin sur la patère dédiée, sous le petit soleil. Penser au sac de piscine un mardi sur deux, à une tenue de rechange, recouvrir les livres, coudre des étiquettes, mettre à jour vos données sur le site Internet, vérifier les tubes de peinture, prévenir en cas d'allergie. Et puis penser encore à l'assurance responsabilité civile, à prévenir 72 heures de son anniversaire, à préparer le jour J un gâteau pour 32 sans œufs ni arachides, à signer les cahiers le jeudi, à prévenir en cas d'absence, à contrôler les casiers. Sans oublier chaque matin un petit goûter qui ne s'écrasera pas, l'herbier à compléter de feuilles mortes pour demain matin 8 heures, et à nous faire vacciner tout ça. Quelle mère êtes-vous ?

CHAPITRE 8

Fondu au noir ou presque, le serveur a baissé les lumières, déposé quelques bougies ici et là, et la pénombre soudaine fait oublier le cauchemar prune. C'est notre cinquième rencontre, compte monsieur, qui s'étonne tout haut d'être chaque fois plus surpris, de persister à la trouver incroyable. Mais il craint d'être lourd, avec ses compliments qui piaffent au carreau, et puis avec les mots, les mots, les mots qu'il faut dire encore, alors qu'il voudrait se taire et tournoyer avec elle au son d'une valse sur le vieux parquet d'une salle de bal déserte. Vous voulez partir ? Avec ses questions à la con, son anxiété qui tambourine, il se demande s'il n'a pas tout gâché. La fille l'observe du coin de l'œil, elle le voit s'enfoncer tout seul dans ses propres sous-bois, et dans un élan tendre elle voudrait l'entourer de ses bras, le garder de tous les chagrins du monde. Elle se penche pour déposer un baiser sur sa joue, puis un autre sur la bouche, et puis un autre encore. Elle ne voudrait plus rien gâcher et quelle drôle de bizarroïde soirée dans l'aérogare 3. Un mouvement arrière les montrerait flottant dans un coin de l'aéroport, en bordure de la ville entière, entourés de campagne, bordés par un océan d'un côté, des steppes slaves de l'autre, en s'éloignant encore on distinguerait à peine deux minuscules points posés sur la grande table du monde qui agonise, encore un peu et ils seront dissous dans les galaxies et compagnie.

La monteuse à l'imagination au garde-à-vous entend monter en off un prélude de Wagner. Au beau milieu des violoncelles lancinants gronderait le bruit sourd d'un astre qui viendrait percuter la planète. Lui et elle seraient réfugiés dans une cabane de fortune, un asile de branches au bord de l'abîme, mais le choc serait inévitable, il se produirait sous forme d'une clarté éblouissante, saturant complètement l'image. Et puis ce serait le silence le plus épais du monde, la nuit noire, la grande nuit universelle. Elle dit pardon vous allez me trouvez ridicule, mais le monde est foutu, monsieur.

L'apocalypse, visuellement le diplomate comprend que ça plaise. C'est pompier, on ne fait pas plus cinématographique. Mais cette séduction, il la refuse de tout son être. N'y cédez pas, il répond gravement. C'est une lueur mauvaise, le piège où se font prendre les hommes depuis l'aube des temps. Les discours crépusculaires à la mode, le culte de l'extinction de l'élan vital, ce bric-à-brac le débecte. Les grandes lignes, les principales perspectives, on les connaît, mais foutus, on en sait quoi ? Tout se transforme, c'est un vertige qui va de plus en plus vite, sidère l'esprit, voilà ce qu'il ne prend jamais la peine de détailler dans les colloques internationaux. Nous en face, petits humains médusés, nous manquons de confiance, d'imagination, de fantaisie pour arriver à entrevoir ne serait-ce que le début du commencement de la suite.

Jouer à se faire peur quand on est coincé sur le pont du *Titanic* n'a aucun sens, il pourrait le lui dire. Lui raconter aussi comment l'appel du désastre universel et purificateur, la fascination de la destruction, il lui est arrivé d'y tomber comme au fond d'un puits. Dans le trou, il a manqué d'y rester, mais avec colère, avec orgueil, à force de travail et d'actions concrètes, il s'était arraché à cette sale petite musique. Cette pente mauvaise, plus question d'y mettre ne serait-ce qu'un doigt de pied. C'était la porte ouverte au ressentiment, à l'extermination aveugle des coupables, la perspective garantie de l'anéantissement et de la revanche. Mais il ne veut pas raconter sa vie, seulement mettre en garde la monteuse, la préserver de son propre pessimisme. Il dit juste combien cette croyance en l'inéluctable sert de prétexte rêvé pour se les rouler en attendant le déluge. Elle proteste. Dès qu'on se penche sur les rapports scientifiques, c'est *Apocalypse Now* sans aucune ambiguïté, ne dites pas le contraire. Méfiez-vous des récits et des fictions imposés, il dit. Ils nous dictent non seulement des peurs et des angoisses, mais aussi les manières d'y succomber. Toute la bataille se joue entre nous et nous-mêmes, nulle part ailleurs. L'enjeu, c'est de retrouver sa souveraineté intérieure. Ce qui me tient encore en vie pour l'instant, au risque de vous paraître pompeux, grand-guignol ou risible, c'est la reconquête de cet élan vital.

Elle le croyait rationnel et découvre un mystique, le mystère s'épaissit. Parfois, le monde du cosmos se met à murmurer à son oreille, il poursuit un ton plus bas, et dans le salon toc où ils se trouvent cette confidence sonne comme une provocation. Un arbre lui chuchote un secret, une pierre lui parle. C'est le mystère de la vie qui lui chante des chansons, ne vous moquez pas ! Il ne veut pas passer pour un bouffon ou un illuminé, pour lui c'est juste un appel au rire et à la grande santé, au grand flux sensuel, un genre de délivrance par la poésie, il confie encore, la certitude soudain d'être une parcelle de soleil aussi sûrement que votre regard de loup est une parcelle de vous-même. Il insiste. Peut-être ne se reverront-ils jamais, et toutes ses forces, toutes ses ressources acquises avec le temps et parfois dans la douleur, il veut les transmettre à cette fille qui fait fondre son cœur. Pour la première fois, le sens profond de ce qu'ils vivent ce soir commence à s'éclairer dans son esprit. La transmission du plus précieux de son énergie vitale, peut-être est-ce la seule et unique raison valable de leur histoire. Elle vivra plus longtemps que lui, elle verra les éléments se déchaîner plus encore, elle en aura besoin. Il poursuit sur sa lancée. L'apocalypse, certains s'en gobergent tandis que le reste du monde crève de trouille. Si on a le nez collé sur l'impasse, c'est parce que notre imaginaire est riquiqui, colonisé par les images et les fictions, comme celles que vous passez votre temps à bricoler sur votre banc de montage. N'y voyez aucune offense, il rit, lui aussi a les mains dans le cambouis, il vit dans le même monde du siècle neuf, on fait ce qu'on peut. Le génie végétal, ça vous parle ? En cas de grande sécheresse, les plantes lancent leurs racines à l'assaut des profondeurs, elles creusent en quête d'humidité et savent, elles, comment la vie se réfugie parfois au cœur même de l'obscurité.

CHAPITRE 9

Tout à l'heure la monteuse voulait partir, maintenant elle ne voudrait plus jamais le quitter, alors elle propose de se changer les idées. Est-ce qu'on irait prendre un dernier verre, elle dit faussement légère, comme dans un dialogue à la con, dans cette fête au bout du couloir ? Où est passé le serveur ? Désormais le salon est désert, ils n'ont aucune idée de l'heure. Enfin, ils, c'est vite dit. L'heure, le diplomate qui ne perd jamais complétement le nord la connaît à la minute près. Il vient de regarder sa montre discrètement, tandis que la fille se garde bien de poser la question, pas envie d'être rattrapée par la patrouille. Il faut régler la note. Le bar est désert, et debout face au comptoir, ils attendent en silence. Rien. Monsieur dégotte une sonnette planquée sous la caisse, il sonne. Rien. On se souvient ici à quel point le diplomate est impatient, alors bien sûr il commence à s'agiter. Il évoque l'idée de partir sans payer tels des voleurs, des clandestins. Il se ravise et se faufile derrière le bar, attrape tout en haut la bouteille de vodka, tout en bas deux petits verres, et devient le maître d'hôtel aux gestes précis et impeccables d'un quatre-étoiles, humble majordome au service de la perfection, pour l'amour de l'art et des clients.

Elle lui demande s'il travaille ici depuis longtemps. Trop longtemps, mademoiselle, bien trop longtemps, déplore-t-il. Chaque soir que Dieu fait, j'enfile mon costume comme un vieux comédien montant sur scène. Mais le jour, je m'évapore, je suis un fantôme de jour qui veille discrètement sur quelqu'un qui vous ressemble, une jolie brune aux yeux clairs. Je la laisse libre comme l'air mais j'essaie de lui insuffler la force de continuer, ce n'est jamais gagné. Il s'arrête pour servir une vodka, puis reprend un ton plus bas, cette nuit, je ne sais plus trop où j'en suis. Le diplomate pouvait parler des heures de la catastrophe, entrer dans tous les détails des rapports scientifiques, des mesures à prendre en hiérarchisant soigneusement leur urgence, il avait une pensée systémique capable d'englober le sujet dans son ensemble et de creuser précisément chacune de ses ramifications. Sur tout le reste, il était nettement moins volubile.

Un beau jour, il balance sans prévention, il y a des années en arrière, sa mère avait pris la poudre d'escampette. Elle avait tourné les talons, plantant derrière elle mari et marmaille, trois mouflets et qu'ils se démerdent. Cette mère, c'est simple, il n'en parlait jamais. C'était son apocalypse à lui, la déflagration initiale, l'histoire contre laquelle il s'était construit. Il avait 11 ans, deux ans plus tard son père mourait d'un infarctus, ce qui lui avait curieusement paru nettement plus surmontable. Un soir comme les autres, cette mère avait disparu sans un mot, sans une adresse, évaporée, ce fut aussi simple que ça. Une déflagration dans le silence. Est-ce qu'une vie plus drôle l'attendait quelque part, loin de son instituteur et de leurs trois garçons ? Debout derrière le bar, monsieur raconte l'enfance arrêtée net un soir comme les autres, en rentrant de l'école. Le lendemain matin, son père avait exceptionnellement dormi jusqu'à midi, c'était la seule différence visible, le reste avait continué. Seul le chien s'était manifesté, gémissant une nuit entière devant la porte d'entrée. Gabin, c'était son nom, le cocker noir avait braillé comme un nourrisson, couchant des heures durant sa tête sur le paillasson, pleurant sur le baiser manquant le soir et l'insondable mystère des femmes qui fuient. Deux ans plus tard, mort du père, pension pour tout le monde, même pour le chien, fin de l'histoire.

Le diplomate poursuit un ton en dessous, un peu gêné, et la fille se garde bien de l'interrompre. Cette mère dont il n'eut plus jamais de nouvelles, il l'avait cherchée partout, en secret, des années durant. Annuaires téléphoniques, registres d'état civil, mairies et hôpitaux, sonnettes et boîtes aux lettres aux portes des maisons, des immeubles, parfois obsessionnellement et jusqu'aux signatures dans les journaux, dans les génériques au cinéma, à la télévision. Dès qu'un nom apparaissait, il en scrutait le mystère. Cette femme s'était-elle remariée ? Toutes les pistes s'évaporaient les unes après les autres. Inlassablement, il se repassait le film impossible des retrouvailles, un rendez-vous quelque part en France avec une femme vieillie, méconnaissable sûrement, décevante bien sûr, aurait-elle quelque chose d'important à lui dire ? Est-ce qu'ils lui avaient manqué parfois, ses trois fils ? Ne serait-ce qu'un seul, ne serait-ce qu'un seul jour, même un tout petit peu ? Ce secret, il en avait honte. Les enfants portent toujours le poids des fautes de leurs parents, quelle connerie. C'est une longue histoire, il n'a pas envie de détailler ce soir, mais un jour il a su la vérité de source sûre. Cette femme était bien vivante, mais elle se planquait sous un nom d'emprunt, nous y voilà. Elle persistait, des années plus tard, à disparaître de la plus dégueulasse des manières.

La monteuse a basculé dans le Paris crasseux des cabines téléphoniques. C'est un film noir dans lequel les hommes portaient des impers et des chapeaux, elle était chez Modiano, une fois de plus la fiction brouille le réel. Le pataquès autour du vrai-faux prénom Blanche s'éclaire. Elle comprend surtout la faille qu'elle a captée dès le premier dîner, la soif étrange de réassurance de cet homme par ailleurs sûr de lui, l'encoche laissée par l'abandon. Son rapport inquiet aux femmes aussi, à la sienne en premier, puisque son grand mérite à elle était d'avoir été fidèle au poste toujours, il l'avait dit mot pour mot, et la monteuse s'était étonnée que cela suffise à souder un couple pour la vie. Mais voilà soudain le garçon qui fait irruption en titubant, chemise blanche ouverte sur un torse de gamin, vous faites quoi derrière mon comptoir, et quoi encore ?

ACTE 4 – LA CHAMBRE 1830

CHAPITRE 1

Ils s'enfoncent sur la moquette prune, direction opposée à la sortie, vers l'immense porte capitonnée tout au fond du couloir. La monteuse capte des sons d'abord étouffés, des coups de marteau violents et réguliers qui vont jusqu'à faire trembler légèrement les murs et le sol sous leurs pas. Elle imagine aussitôt un chantier de construction, des dizaines de mecs en bleu de travail s'excitant sur des marteaux-piqueurs en pleine nuit, casque anti-bruit orange fixé sur les oreilles, la poussière partout, une ambiance post-industrielle et crépusculaire. Mais le volume va crescendo, et elle identifie le beat répétitif des percussions en boucle, celui des générateurs de fréquences, séquenceurs et autres boîtes à rythme festives, qui pulse jusqu'à eux. À dix mètres de la porte déjà, la techno monte comme une vague qui soulève le cœur, le laisse retomber, le soulève à nouveau, sans fin. Le diplomate attrape le bras de la fille, l'attire vers lui, ils s'embrassent, la magie entre eux opère aussitôt c'est fou, une nouvelle fois c'est le plus doux des baisers du monde, une nouvelle fois le décor vacille et les jambes se dérobent, mais hop hop, les voilà repartis comme si de rien n'était. La tendresse est le passager clandestin de la nuit, une hallucination qui persiste. Avec un tel niveau sonore, la chef monteuse sait que le preneur de son a exagérément poussé ses micros. Les oreilles saignent, il faudra remixer soigneusement toute la séquence. Passé la lourde porte, les deux égarés se retrouvent plongés dans une atmosphère brutale de boîte de nuit, voilà autre chose.

BOUM BOUM. L'électro transperce le corps, l'éventre et l'évide, les secousses vous percent les os du crâne, trouent le cœur jusqu'aux pieds. Sons et lumières stroboscopiques, 120 battements par minute. Plans en éclats d'une seconde montés cut, une cuisse sortant d'une jupe, une ceinture dorée, un sein échappé d'une dentelle noire. Un type se déhanche, sa main glissée sous le nombril. Et c'est vaguement inquiétant, cette scène irréelle dans ce presque hangar affublé de ballons blancs censés l'égayer. Des filles dansant en cercle et en contre-champ côté bar, des types agglutinés, champagne incendiant leurs veines et qui en veulent encore. Foule sapée, dress code de l'allégresse. Du cheveu côté filles, beaucoup de cheveux. On danse sur des références remixées en une bouillie répétitive de cours de cardio, tout se mélange dans un vacarme de fanfare, ça groove, c'est gai. Et si la monteuse coincée s'abandonnait avec toute la troupe, bras en l'air et sourire aux lèvres ? Si elle avait mis une robe en lamé rouge, des talons qu'elle finirait par retirer pour chavirer pieds nus, embarquée par les basses, rendue à l'innocence ?

Monsieur roule des yeux ronds, vaguement halluciné, vaillamment bon public. Pris de court par la transe binaire qui n'est pas exactement sa tasse de thé, il rêve plutôt d'un slow à l'ancienne, *Dance Me*, les violons klezmer et sa tête à elle délicatement posée sur son épaule, ses mains caresseraient son cou, mais ce n'est pas l'idée. Égaré au milieu des danseurs, pour se donner une contenance et tenir son rang mâle, le Zorro de l'apocalypse hurle ce qu'il pense devoir faire, JE VAIS CHERCHER DU CHAMPAGNE et disparaît côté bar. La fête, il adore pourtant, toute sa vie ce fut sa soupape. Comme elles lui semblent loin, ce soir au milieu de rien, ces soirées peut-être un peu plus chics au début, mais que reste-t-il du chic passé minuit ?

Il débarquait avec sa femme sanglée superclasse, canon en robe de soirée, fier de l'avoir à son bras comme il avait été rassuré, toujours, de pourvoir glisser dans n'importe quelle conversation ma femme ceci, ma femme cela. Ces soirs-là, le couple portant beau semait loin derrière lui la vie domestique, sans regret. Elle et lui sans les enfants, radieux hors de toute routine, accueillis par les bras chaleureux des amis. C'étaient des nuits sans fin, l'été sur une terrasse, l'hiver autour d'une cheminée, et le diplomate à la vie remplie comme un œuf trouvait toujours le temps de faire des kilomètres aller-retour pour ne pas rater ça. Vive les amis, vive la parade, c'était un bon vivant. *Vincent, François, Paul et les autres*, il chérissait la compagnie des hommes, guettait le moment où les cravates commenceraient à se dénouer. Ces soirs-là, au diable les batailles, les combats gagnés ou perdus, les histoires de rois et de serviteurs, la nuit était tendre.

Le diplomate se faufile avec maestria jusqu'au bar. En termes de tactique d'approche de buffet, il a une longueur d'avance sur la faune locale. Il commande en criant DEUX COUPES en faisant le V de la victoire avec les doigts bien écartés pour être sûr d'être compris. La fête, ses amis sont trop vieux désormais, ou malades, ou bien les couples se sont disloqués, quand ils ne sont pas carrément morts. Les amis disparus, cette pensée l'immobilise un instant au milieu du vacarme, les vrais amis perdus, depuis quelques années, il les compte de sang-froid. La nuit en secret, il souffle leurs prénoms et leurs noms devant sa pierre bleue illuminée par une bougie. Il égrène leur souvenir dans un murmure et convoque la présence de chacun, *Vincent, François, Paul et les autres*. Une allure bonhomme, une mèche tombant sur l'œil, un sourire comme une question sans cesse posée au monde, un jeu de jambes délié sur un court de tennis, une passion pour les bagnoles anciennes ou l'irish coffee, et comment Pierre, mécréant devant l'Éternel, provocateur et volontiers grossier, n'oubliait jamais de faire une croix sur le pain avant de le trancher. C'était un kaddish pas si triste, une accolade à travers le temps. *Vincent, François, Paul et les autres*, les amis évanouis, c'était le vivant qui fuyait. Comme les lémuriens sifakas et microcèbes mignons, comme le primate africain colobe à longs poils, le grand hamster d'Alsace, le papillon apollon et la baleine de Biscaye, pareils au petit marsouin vaquita et au champignon chenille prisé par la médecine chinoise et comme lui un jour, des espèces évanouies.

CHAPITRE 2

Qu'est-ce que je fous là, bonne question. Raide comme un piquet au milieu du boucan, la monteuse vacille. Bras ballants, elle a observé la haute silhouette du diplomate s'évanouir dans la foule. Sans sa présence, sans son foulard et son regard porté sur elle, le charme est rompu, plus rien ne vaut le coup. La voilà en Cendrillon, rendue à sa nature misérable en plein chaos. Un garçon vient se déhancher sexy sous son nez, les yeux plantés droit dans les siens, une main sur le plexus, l'autre dessinant des arabesques vers un ciel absent. Gênée par le spectacle, alors même que la foule reprend en chœur un YMCA au tempo remixé, la monteuse s'éloigne du dance floor en feu. Côté banquettes, le gros son modifie tout, le sol palpite aussi, les verres vibrent sous les basses, mais l'atmosphère est plus câline. « Le vieux envolé, te voilà à poil, rendue à ton existence de moucheron, grince la voix. Comment tu vas faire ? » Son regard se pose vite fait sur la folle étreinte d'un couple en fusion à côté d'elle, ivre de baisers et de caresses, seul au monde dans la cohue. Elle pense évidemment au diplomate, leurs baisers et leur toute dernière rencontre, pas plus tard que la semaine dernière. Et cette fois-là, sa honte barrée au milieu du visage. Ce quatrième rendez-vous était-il celui de trop, l'irrémédiable, après lequel il devenait franchement difficile de faire comme si de rien n'était ?

Après la balade dans Paris, après les Tuileries et la Concorde, les coups de fil étaient devenus plus tendres encore. La monteuse et le diplomate s'étaient raconté leur vie en abolissant peu à peu la distance, comme jamais ils n'oseraient le faire en tête-à-tête. Monsieur avouait comment un petit quelqu'un qui lui ressemblait se mettait à hanter ses nuits, la fille lui confiait combien elle était bouleversée d'avoir tenu sa tête ronde entre ses mains. Chacun convenait l'improbable de cette histoire, son absence de trajectoire possible. Juste une illusion, à peine une sensation ? Un verre mardi face à la tour Eiffel, la tour Eiffel la nuit, ça scintille de toutes parts, c'est affreusement cliché mais c'est beau, non ? Le diplomate connaissait un endroit qui les pourrait abriter des vents orange, un refuge planqué dans la ville et qu'il aimerait lui faire découvrir, trois planches au fond d'un jardin, un genre de chalet ouvert face à la tour. C'était du rustique, mais il y avait un banc assez confortable, personne ne viendrait jamais les emmerder là-bas, il se chargerait d'apporter à boire. Comme la fois précédente, il l'avait presque suppliée, dites-moi oui !

La veille, elle n'avait pas fermé l'œil. Le tournage touchait déjà à sa fin, quelques semaines intenses avaient suffi à mettre l'affaire en boîte. Dès le mois prochain, elle sera enfermée en huis clos devant ses écrans, nez scotché sur la timeline à imaginer une structure narrative et des ellipses, à monter le niveau des noirs si nécessaire, histoire de donner plus de contours aux images. Quatre semaines minimum enfermée face au diplomate présent sur tous les plans ou presque, davantage si elle prenait du retard. Un tête-à-tête solitaire avec toutes les facettes de monsieur déployées à l'infini. Lui cherchant ses mots, lui souriant avec son foulard, lui marchant pour un plan large une main dans la poche de son costume, l'air faussement détaché, regard perdu au loin. La monteuse entendra sa voix grave de fumeur entrer dans les détails, ouvrir trop de parenthèses, s'emmêler les pinceaux, refaire la prise de bonne grâce.

Elle maniera la lame de son couteau avec la précision d'un maître sushi japonais, son sens du rythme qui faisait l'admiration de ses pairs, sachant d'instinct et au dixième de seconde près l'endroit exact où doit s'achever un plan. Pour faire progresser son discours à lui, elle repérera des lignes logiques dans la forêt de son verbe courbe, rafistolera dans un second temps la mauvaise prononciation d'une syllabe en allant chercher la même, mieux dite ailleurs, dans le grand bazar du chutier où s'entasseront les rushes. Transformé en matière à dompter, monsieur clignotera dans l'obscurité. Foward, reward, elle nous montera tout ça sans effets de manche, style classique, bel ouvrage. Ce travail en huis clos fera-t-il office de transition, lui permettra-t-il de reprendre définitivement la main sur son histoire ? Une fois le film monté, affaire classée ?

C'est que la petite aventure de pas grand-chose, les quelques coups de fil et rares rencontres que l'on sait, avaient suffi à la faire vaciller. Surexcitée et tyrannique, la voix pilonnait non-stop. « Que d'efforts pour oublier que tu trahis, que tu mens, que tu feins ! Où triches-tu le plus, dans ta vie de tous les jours ou dans l'histoire que tu te racontes avec Môssieur ? » Elle encaissait crânement les coups, sommant la voix d'aller jouer plus loin, mais la vérité était plus confuse. Que faire d'une rencontre qui portait en elle à la fois l'étincelle et la certitude d'être ravagée ? L'amour et la mort, le début et la fin dans un même mouvement ? Quoi faire alors avec ce nouveau rendez-vous au Trocadéro ? Y aller, au nom de la grâce, du désir et de la vie qui s'ouvre quoi qu'il advienne ? Ne pas y aller, au nom de la grâce, du désir et de la vie qu'il faut préserver ? Elle ira. Peut-être pour la dernière fois. Elle ira pour vérifier encore quelque chose sans savoir quoi, elle ira pour solde de tout compte.

CHAPITRE 3

Mais à force de nuits blanches, le manque de sommeil et l'agitation avaient laissé des traces jusque sur son visage. Il faut dire que la nuit était devenue le temps des réminiscences. La mémoire du corps s'éveillait. Le souvenir des étreintes passées, sensations intactes sous la peau, variations infinies pour une expérience pourtant limitée au regard de ce que lui racontaient ses amies plus décontractées. L'odeur de pain d'épice d'un garçon au cou épais. La raideur d'un dandy, mains mortifiantes fouillant les vêtements, la peau comme des écailles glacées. Une épaule ronde et tendre, accueillante à toute heure de la nuit et même en plein sommeil. Les éléments s'invitaient dans la danse. Mains posées sur son ventre tiède où battait son cœur, la fille conviait dans l'obscurité l'empreinte d'une mer chaude, grecque et translucide, elle s'y fondait en douceur, faire corps avec l'onde, sans vague aucune, et sur ses lèvres elle reconnaissait son goût âcre et salé.

Elle n'en savait évidemment rien, jamais le diplomate ne l'aurait confié à quiconque, mais lui aussi passait des nuits plus agitées qu'à l'ordinaire. Dans les chambres d'hôtel où il tournait en rond pour tromper ses insomnies, le bruit incessant du monde ne l'intéressait plus, ses lectures habituelles lui tombaient des mains les unes après les autres, même les poèmes qui l'avaient nourri jusqu'alors semblaient désactivés. Dans la place vacante s'immisçaient plutôt des éclats du passé, la trace vivante des choses vécues surgissait des limbes avec plus d'acuité que jamais. Et pour lui aussi, les émois passés. Suzy, son tout premier baiser. Suzy l'Anglaise aux seins voluptueux, affolants sous son tee-shirt vert. Dans un coin obscur d'un ferry, un monde s'était ouvert en lui pour toujours. Avec Catherine, l'étudiante rousse et charmeuse, peau de lait et grains de beauté, sourire dévoilant d'adorables dents de devant, un seul baiser pourtant pas si éblouissant avait suffi pour l'enflammer, dès le lendemain il avait imaginé une fois, dix fois, mille fois une vie entière à ses côtés et même une ribambelles d'enfants rouquins parés des mêmes irrésistibles quenottes, quel imbécile. Quand il l'avait revue une deuxième fois, dès le premier regard l'envoûtement s'était impitoyablement défait, il avait pris ses jambes à son cou. À quel mystère périssable tiennent nos émois ? Était-ce aussi friable avec la monteuse, est-ce qu'un jour, bientôt, de leur tendresse il ne restera plus rien qu'une vague empreinte, un pâle sourire ? Et le premier baiser avec Françoise qui allait devenir sa femme ? Le souvenir était brouillé, écrasé par son apparition éblouissante lors d'un bal de l'ENA dans un grand hôtel, grande et blonde en robe noire, ses bras interminables étaient deux lianes auxquelles il avait voulu se pendre sur-le-champ. Elle riait avec les yeux, ça l'avait ravagé plus que n'importe quel baiser. D'abord il avait été intimidé, le bagout de cette Parisienne du 16e, pour lui le provincial, fils de rien ni de personne, c'était quelque chose. Ce soir-là il avait voulu Françoise tout entière et pour toujours, leur mariage avait signé son entrée dans la vie adulte pour de bon, la fin de l'enfance enfin et le début de l'aventure, la vraie.

Côté monteuse, ces vagabondages nocturnes avaient un coût sonnant et trébuchant. Le matin du rendez-vous, elle avait triste mine. Une déterrée portant son embarras sur le visage. Un herpès purulent lui ravageait la moitié de la lèvre supérieure, une large croûte sombre et huileuse défigurait sa bouche, allons bon. « Bénis soient les onguents et les fards qui t'arrangent les coups les plus foireux, camouflent ta misère et enjolivent les jours les plus noirs, gloussait la voix, cette fois ça ne suffira pas. » Annuler, elle n'osait pas, c'était bien trop tard. « Tu as raison les hommes font des choses tellement importantes », ricanait encore la voix soufflant le chaud et le froid, tout et le contraire de tout.

CHAPITRE 4

Ce fameux soir de la semaine dernière, elle l'avait rejoint sans rien dire. Jean, parka bleue et croûte béante sur la figure, banco pour le Trocadéro ! Naïve, elle avait béni l'épaisseur de la nuit, imaginant que ce baume camouflerait sa honte et sa bouche qui hurlait ne me touchez pas. Le diplomate avait débarqué avec un gros pull qui rompait avec la tenue qu'elle lui connaissait jusqu'alors, harnaché d'un sac à dos sans façon, et ce détail l'avait détendue d'emblée. Bien sûr, il avait repéré tout de suite que quelque chose n'allait pas dans ce visage dont il rêvait la nuit, et bien sûr il n'avait rien dit. Suivez-moi. Par la volée d'escaliers sous le parvis du Trocadéro, il l'avait entraînée jusqu'au jardin, dans un recoin planqué du côté des plus hauts sapins, où se trouvait en effet l'abri en bois et le banc de trois fois rien.

Galvanisé par les vents qui sévissaient non-stop, un feu gigantesque s'était déclaré aux portes de la ville. Depuis quelques semaines, chaque jour ou presque, des incendies se déclenchaient un peu partout dans le pays. Mais cette fois, celui qui bordait Paris ravageait tout dans des proportions inédites. Hors de contrôle, il engloutissait les arbres, les maisons et les routes, quinze hommes étaient morts déjà et les flammes menaçaient maintenant la ville par l'ouest. Dans l'air virevoltaient mille et une particules. Dans un autre film, on aurait vu des confettis, des pétales de rose ou même carrément des lucioles, sait-on jamais, les chefs décorateurs ne sont jamais en mal de trouvailles. Ce soir-là, c'étaient des cendres, des centaines de milliards de cendres grises ballottées dans les bourrasques. Bien plus fines que les gouttes de pluie ou les flocons de neige, elles tombaient comme un grésil sur les arbres, se fichaient dans les cheveux, se collaient sur les vêtements, passaient parfois au ras des cils. Ni l'un ni l'autre, planqués comme des vagabonds au fond du jardin public, ne firent de commentaire. Le diplomate extirpa plutôt de son sac un grand cru millésimé, un tire-bouchon et deux verres à pied emballés dans un linge, ravi de son coup.

La monteuse était volubile et légère comme elle n'avait pas su l'être avec lui jusqu'ici, sauf parfois au téléphone. « Quelle gaîté chère madame, ou plutôt mademoiselle, observait la voix malicieuse, quel entrain sous la cendre, ta balafre serait-elle ta chance ce soir, délivrée de la fastidieuse bataille de la séduction, on s'amuse enfin ? » En sirotant leur Château machin, ils avaient avoué une nuit mémorable, la plus grande honte de leur vie, leur plus poignant regret, un dîner parfait, leur animal totem. Balbuzard pêcheur régnant sur un lac canadien, marcassin du maquis sarde, Lhassa Apso du quartier chic de Mayfair à Londres, abeille de mai dévorant les prairies du Caucase, à choisir ? Monsieur se laissait faire de bonne grâce, il cartographiait d'abord toutes les alternatives, pesait le pour et puis le contre, prenait des chemins de traverses, ouvrait des parenthèses puis se laissait embarquer et riait de son rire de dix ans.

Ses deux billes sombres observaient la fille dans la pénombre, son air de gamine, son insolence tendre, sa fantaisie astringente, la pensée orgueilleuse le traversa qu'il l'aura au moins rendue heureuse un tout petit peu, ce soir. Il voyait aussi son beau visage brûlé par la croûte, et au milieu d'autre chose il dit simplement je sais que c'est contagieux, que c'est douloureux, j'espère que vous n'en souffrez pas trop. La soirée passait à toute allure, il aurait voulu qu'elle dure toute la vie et il a murmuré si nous nous étions rencontrés plus tôt, j'aurais vécu avec vous, jamais je ne me serais ennuyé. « Décidément tu fais des étincelles ce soir, se bidonnait la voix, une magicienne, une envoûteuse, mais s'il savait ! »

Il fallait se quitter, ni l'un ni l'autre n'en n'avaient envie. Le diplomate l'a prise dans ses bras. Le fille l'a serré fort, longtemps. Abrités par les cèdres géants du jardin, sous l'ombre orange des paulownias et des noisetiers de Byzance, ils se sont bercés en silence. Puis il a posé ses lèvres sur sa bouche vénéneuse, tout doucement d'abord pour ne pas lui faire mal, un peu plus fort, et puis avec une fougue oublieuse des détails, des virus. Elle fondait malgré la brûlure, c'était beau et c'était doux, le baiser ne finissait jamais, et cette nuit-là ils restèrent des heures à s'embrasser encore et sans un mot sous les cendres. S'en souvenant une semaine plus tard au milieu des danseurs déchaînés de l'aérogare 3, la fille débarrassée de son infection a les jambes qui se dérobent à nouveau, agaçant.

CHAPITRE 5

Deux coupes glacées sont posées sur le comptoir face au diplomate perdu dans ses pensées. Et voici Ben, le roi heureux de la fête, semeur de trouble malgré lui avec son histoire de Blanche, qui entre de nouveau en scène. On l'avait oublié. Adossé au comptoir, coudes plantés sur le zinc, menton haut et sourire aux lèvres, il avise monsieur avec l'œil qui frise, balbutie quelque chose dans le brouhaha, mais aussitôt une grande blonde en nuisette se jette sur lui, il disparaît sous le brushing, plus de Ben. Le diplomate en profite pour attraper ses coupes et filer fissa parmi les danseurs, impatient soudain de s'arrimer à nouveau aux yeux clairs de la fille. S'embrasser comme ils s'embrassent tous les deux, de sa vie entière, jamais il n'a connu un truc pareil. Entre eux coule une douceur souterraine et sans nom, une sève miraculeuse sous l'écorce. Sans cette rencontre, il pense tout en scannant les danseurs du regard sans la trouver, il serait mort sans avoir vécu. Ses verres à la main, il la cherche encore, tourne en rond et puis panique, il a traîné avec son champagne à la con, elle s'est enfuie c'est sûr, c'est ce qu'il craint des femmes, on a compris pourquoi, et avec elle plus encore, ça devait arriver. Mais il la repère enfin côté banquettes, pardon j'ai été long, le champagne a dû se réchauffer.

Comment dirais-je, pardonnez-moi je cherche mes mots, il bafouille, un peu pompette à force. Il avait cru l'oiseau envolé, une partie de lui s'y attend. Ne riez pas, j'y suis prêt. Elle est libre bien sûr, il ajoute, elle est pour lui un cadeau tombé du ciel et comment dire, le sort va se défaire n'est-ce pas, nous avons nos vies et l'avenir n'est pas écrit pour nous, enfin, surtout pas pour moi ! La monteuse lui propose de jeter plutôt un coup d'œil discret au couple derrière eux. C'est Ali, elle articule pour être entendue malgré le tumulte, le serveur de tout à l'heure qui reprend des couleurs dans les bras d'une nymphette, peut-être pour lui le début d'une vie nouvelle ? Voyez comme les étoiles qui veillent sur nous font parfois des merveilles !

Monsieur la regarde en silence, bouleversé à un point inconnu de lui-même. Sa vie, il voudrait la recommencer avec elle, maintenant. Vous ai-je parlé de ma maison des Landes ? Ce n'est pas le moment, le niveau sonore n'incite pas à la confidence, mais il insiste en s'approchant de son oreille. Il raconte son enfance passée à bâtir des cabanes là-bas, durant les étés sans fin d'avant.

Des abris de planches, de branches et de paille contre l'absurdité du monde. Parce qu'il avait connu là pour la première fois la bonté du soleil et la tendresse des fougères, l'odeur des pins et la caresse maritime, il confie en forçant encore la voix, une fois adulte il a recréé une vaste cabane noyée dans le fouillis des arbres. Y entrait la rumeur permanente de la mer et la tribu élargie de ceux qu'il aimait. Imaginez le tableau, il crie presque, les primevères au printemps, les bruyères à l'automne, les dentelles de givre sous le pâle soleil de janvier. Il s'acharnait à la conversation malgré les coups assourdissants des enceintes géantes. Dans cette maison résidait une partie de son âme, il avait mis le paquet et bref, il voudrait juste pouvoir l'embarquer là-bas sur-le-champ. Mais ils rejoignent plutôt le coin fumeurs, les voilà une nouvelle fois dehors, dans le froid comme des gueux prenant leur shoot dans un caniveau, à piétiner cette fois une vieille moquette gorgée d'eau, debout sur une éponge molle. Le diplomate l'enlace doucement, respire l'odeur de miel de ses cheveux, la fille murmure il fait frisquet, vous me la faites visiter, cette chambre, la 1830, c'est bien ça ? L'étreinte se défait, le diplomate esquisse un sourire, ils allument cette fameuse cigarette en silence et finissent par fumer en se tournant le dos.

La fille s'éloigne de quelques pas, coince sa main dans la poche de son jean. À partir de quel moment exactement on bascule dans le dur ? Est-ce qu'on trahit à la seconde même où le cœur bat ailleurs, même pour un roman, même pour une amitié, même pour une fiction ? Au moment même où l'on s'autorise à s'émouvoir d'un geste, d'une parole, d'une blague ? Dès l'instant où l'on joue, par distraction, par goût de l'aventure, par légèreté, le jeu de la séduction ? Quand on vibre pour une amourette virtuelle, par amour du tourbillon, le soir en s'endormant auprès d'un autre qu'on aime mais qui jamais ne suffira à combler le manque de quelque chose ? Est-ce qu'un simple petit mensonge suffit, un tout petit désir passager de rien du tout, ou bien il faut un geste avéré ? Entrer dans une chambre, c'est du lourd, c'est plus grave paraît-il, de quoi constituer la preuve pour un procès, tiens tiens que je t'y prenne ? « Mais si l'amour était si étriqué, si propriétaire, ce serait à se flinguer ! se révolte la voix furax. À quel moment précis adviennent les choses qui nous lient les uns aux autres ? Fais-moi signe quand tu auras la réponse. Tu ne trahis rien ni personne sauf toi-même, assez ! Ne prends pas la vie à ce point au sérieux, il n'y aura aucun survivant. »

Le diplomate balance sa clope sur la moquette spongieuse, heureux, inquiet, distrait, l'esprit soudain éparpillé. Les mots fameux d'un poète surgissent d'on ne sait où, il est question de chance, de bonheur et de risque qu'il faudrait imposer. Il est d'humeur badine, blagueuse soudain, il réprime un rire nerveux en imaginant aussitôt leur contre-pied, *Impose ta peur, serre ta petitesse, et va vers ton échec, à te regarder, ils s'habitueront.* Chérir l'intensité au risque de faire n'importe quoi et tout foutre en l'air, il se demande par distraction, sans y penser sérieusement, est-ce valable pour tous, en tout lieu et en tout temps, ou bien c'est une esthétique réservée aux poètes, histoire de faire charmant, atypique et bohème, comme on dit dans les agences immobilières quand il s'agit de fourguer hors de prix un 20 mètres carrés bancal et mal fichu ?

À vrai dire monsieur s'en fout complétement, il brûle seulement de prendre la fille aux baisers infinis par la taille et de la porter vers n'importe quel lit. Le désir, cette mer de sel sous le soleil de midi, il le sent battre dans ses veines, et cette nuit c'est plus troublant que tout ce qu'il a connu jusqu'ici. Parce qu'une autre rumeur monte en lui, inextricablement mêlée à la première et étrangement suave, une brise annonçant le coup dur, l'extinction prochaine des feux. À quelques mètres, la monteuse se demande une dernière fois est-ce que je déconne complétement ? Le diplomate a maintenant une pensée pour la mère qu'il n'a pas eue, fait rarissime. La caresse manquante partout, la tendresse nulle part. Qui pour mettre la main sur son front les jours de fièvre ? Qui pour glisser dans sa besace, le dimanche soir sur un quai de gare battu par les courants d'air, de quoi tenir en pension jusqu'au mois prochain, chocolats et cigarettes soigneusement emballés dans du papier alu ? C'est loin mais c'est là, et même si c'est un feu désactivé de longue date, il aura fait avec. Il n'a pas vu la fille s'approcher, donnez-moi votre main monsieur, elle dit doucement, venez.

CHAPITRE 6

Long travelling sur leur traversée silencieuse, main dans la main dans le paysage grandiose que l'on sait, steppe mongole au printemps, pointe du Raz déchiquetée par les vents, baie de Hanoï sous un soleil pâle, on a compris. Les aventuriers magnifiques traversent d'abord le parking 12 du Hilton en silence, puis le parking C-63 du Roissyval toujours sans mot dire, enfin le hangar 47-E de l'aérogare 3. Retour dans le lobby de l'hôtel du début, la frite et les néons à toute heure, le Sri-Lankais et ses pizzas, et sur les écrans le flot d'images des catastrophes qui en ont toujours sous le coude. La foule est partie, l'odeur est restée. Cap sur les ascenseurs du fond, le diplomate appuie sur le bouton en silence, la monteuse serre sa main au creux de la sienne. Dans la cage éclairée par un plafonnier éblouissant comme chez le dentiste, il sélectionne le 18e étage, elle se cache dans ses bras.

La porte automatique s'ouvre sur un couloir sombre, moquette noire, silence épais. Un plan soyeux à la David Lynch se déploie en même temps qu'ils s'avancent. Portes numérotées des chambres gris métallisé, austérité égayée tout le long par les masques vaguement africains qui font office de luminaires. Fabriqués en série dans une usine de Chengdu dans le Sichuan, avise le diplomate in petto. Son cœur bat trop vite, trop d'émotions, il tente de focaliser sa pensée sur du concret, rien que du tangible. Plastique moulé imitation teck, expédiés en containers dry de 40 pieds de Shanghai à Rotterdam, balancés par wagons de fret puis par camions dans tous les supermarchés européens. Égarée pour de bon entre fiction et réalité, la monteuse ne voit que des visages grimaçants et comment ils les observent, des leds sortant de leurs yeux écarquillés, en train de marcher au ralenti, et c'est vaguement inquiétant. Ces visages les jugent, leurs bouches ouvertes crient quelque chose, mais quoi ? Voilà la 1830.

Carte, déverrouillage, chlac, ils entrent, la lourde porte pare-feu aux normes accessibilité et incendie se referme en claquant sur quelques mètres carrés éclairés par une minuscule fenêtre. Aussitôt s'allume l'écran géant de la télé murale, un plan sur des flammes montant vers le ciel, un autre sur un barrage qui explose sous la fureur d'un fleuve en crue, le diplomate se précipite sur la télécommande, clic, silence. Par le petit carré de plexiglas qui fait office de fenêtre, la monteuse a le temps d'apercevoir l'immensité de l'aéroport vu d'en haut, mille et une lumières orange tremblotent et frémissent, et vers l'horizon déjà, la lueur glauque d'une aube pas tout à fait décidée. Le lit prend toute la place, monsieur se contorsionne pour le contourner, ferme d'un coup le rideau, le bruit sur la barre métallique fait comme un bruissement d'ailes. Intérieur nuit.

Ici on voudrait quoi, le Cantique des cantiques ? Une montagne de myrrhe et une colline d'encens, des colombes près d'un ruisseau et une biche sous le grenadier ? Les solives de la chambre seraient des cèdres, les lambris des cyprès, et allons-y, un grand lit verdoyant trônerait au milieu de corbeilles de lys, d'émeraudes et de mandragore. *Fais-moi entrer dans ta chambre, que nous devenions cris et joie, tes caresses sont des parfums qui m'enivrent comme le meilleur des vins*, miaulerait tranquillement la fille. *Allège-moi de ton rire et de tes baisers, allège-moi, oui, efface tout, tends ta main réparatrice, qu'elle repousse les années*, roucoulerait gentiment monsieur. Au lieu de quoi elle s'assied sur le lit dans la pénombre, lui vient se poser fébrilement à côté d'elle, et brusquement il se rappelle qu'il est un homme d'action. Croyant ne faire que son devoir d'homme à l'ancienne, le diplomate se jette sur les lacets de ses chaussures à elle, les enlève, attaque son jean, le fait valser, la fille est un pantin, et il s'en prend maintenant à son pull avec la même ardeur qu'un acteur américain dans une scène montée cut. La douche en moins. Car en Amérique c'est étrange, ce n'est pas le moment d'une digression, mais on peut souligner quand même que dans ce genre de circonstances, là-bas il est le plus souvent question, d'abord et avant tout, de prendre une douche, deux douches, beaucoup de douches, tout le temps des douches, c'est suspect mais c'est une autre histoire.

La fille n'oppose aucune résistance, elle l'a bien cherché. Trop vite nue, elle voudrait fondre et disparaître, mais elle n'a pas le temps de dire ouf que monsieur est nu lui aussi, légèrement embarrassé mais trop tard, alors ils se serrent comme des damnés. Ils s'enlacent, ils s'embrassent mais voilà, les baisers ne sont plus des mondes qui s'ouvrent mais des portes qui claquent. Les balades sur le port n'ont plus leur place ici où leurs gestes deviennent brusques et faux, seulement calqués sur les manières des autres, et nous voilà face à deux mauvais acteurs dans un téléfilm, deux pantins se cognant cruellement aux murs d'un clapier. Trop tard pour rembobiner l'histoire, démonter et remonter la séquence autrement. Son cours, tel celui d'un ruisseau, échappe à la volonté et s'éparpille en ricanant, alors ils s'embrassent encore et s'embrassent à nouveau, roulent l'un sur l'autre dans un désordre heurté. Ils s'agitent, mais la scène est-elle seulement possible ? Coupez ! Ici n'importe quel metteur en scène un peu sensé stopperait le tournage en plein milieu, veillant à ne pas laisser éclater trop brutalement sa déception, il dirait seulement on n'y est pas les gars, désolé, on n'y est vraiment pas ! On fait un break plateau, on va tous boire quelque chose, on reprend dans une heure. Vous deux, chacun retourne dans sa loge, je vous rejoins, faut qu'on parle.

Un quart de seconde pourtant, monsieur a senti la douceur clandestine de sa peau – l'intérieur d'une perle, lisse et tiède, un lait chaud. Dans un flash, la fille a deviné sous sa main le cuir tendre du vieil éléphant. L'œil rond de l'animal, sa bonté placide, une hypersensibilité tankée au fond d'un corps monumental, rassurant. L'écorce lisse et glabre et grise, la tendresse malhabile, la douceur sous la précipitation de façade. Ils se serrent plus fort, silencieux et immobiles de longues minutes, ils se calment. Quand reprennent leurs baisers, doucement, très, cette fois c'est une autre musique. Un genre de marée haute entoure peu à peu la chambre, une tout autre séquence dévoile une forêt sous les étoiles, et puis une lueur entre les arbres noirs, une clairière tapissée de mousse. C'est tendre, c'est chaud et la fille aux paupières closes voudrait que ça dure encore et pour toujours. Mais elle ouvre les yeux et découvre l'obscurité imparfaite de la chambre. Le rideau chiche laisse passer la clameur orange du tarmac. Monsieur est abandonné, doux et confiant, mais en le déchiffrant dans la pénombre, l'image s'inverse. Elle s'aperçoit qu'elle tient entre ses mains le visage d'un vieillard, altéré comme la pomme oubliée dans un grenier. Elle voit deux yeux blancs implorants, elle voit une bouche noire avide de baisers, et dans une imparable clarté mêlée d'effroi elle voit tout, c'est la mort qu'elle tient entre ses mains, la mort qui voudrait l'aspirer tout entière.

Est-ce que deux amants étaient fatalement deux noyés qui s'agrippent l'un à l'autre, comme dans les poèmes vénéneux aux relents de vase et de feuilles pourries, la mort qui implore, et ce murmure à leurs lèvres qui dit encore ? Ici la mort aspirait sa douceur, elle buvait sa tendresse en la multipliant et quel vertige, quelle folie. Monsieur la regarde tendrement, il est bien avec elle, jamais il n'a été aussi pleinement bien avec personne. La fille ne peut plus rembobiner et faire comme si elle n'avait rien vu, trop tard, point de non-retour atteint, elle s'arrache à l'étreinte et siffle d'un coup sec la fin de partie, faut que je parte. Elle saute dans son jean, se rhabille fissa, enfile ses chaussures sans faire les lacets, ouvre brutalement la porte et tourne le dos à sa dernière vision, le corps d'un homme recroquevillé sous un drap blanc comme un linceul. Peut-on se quitter ainsi ? Attendez-moi en bas j'arrive, a-t-il tout juste le temps de supplier, complétement sonné.

CHAPITRE 7

Extirpée de la douceur, dès l'ouverture de l'ascenseur la monteuse entend des grognements dans le hall, puis carrément des cris, des insultes. Deux types se battent sous les écrans de télévision, enroulés l'un sur l'autre, une étreinte d'un autre genre. Ils s'envoient des coups de pied, se balancent des coups de poing, dans la mêlée elle croit reconnaître le pizzaïolo dépouillé de sa toque, l'autre a la gueule en sang, elle crie arrêtez, arrêtez ça ! Les mecs n'entendent rien, ivres de violence, bien décidés à s'achever. Dehors, l'aube orange éclaire la grande baie vitrée ouverte sur rien, sonnant déjà le retour de l'agitation, la réapparition des foules au départ et à l'arrivée, la reprise du boulot jusqu'à la prochaine pause. Elle le constate en s'éloignant, les lumières ont été poussées à nouveau à leur maximum, le petit matin est bel et bien là. Se tirer comme une voleuse ? Prendre ses jambes à son cou et courir, courir de toutes ses forces loin d'ici ? Plus que tentant, mais non. Trop violent, trop dégueulasse. Vibrent encore sous sa peau la douceur et la tendresse de leurs baisers, et si la dernière image s'y superpose tant pis, mais comment faire avec ça ? D'abord elle va l'attendre. L'aube se lève quoi qu'il arrive, qu'on le veuille ou non, elle le constate une fois de plus. Les autres jours c'était plutôt une bonne nouvelle, la promesse renouvelée de quelque chose et la patère fiable où elle accrochait le manteau de ses insomnies. Mais ce matin le petit jour orange n'annonce rien d'autre que le retour dans le dur. Derrière, les mecs continuent à se battre et la première pensée qui vient à son esprit confus est pour son mari, c'est comme ça.

Le diplomate n'arrive pas, il fait quoi bon sang ? La fille à l'esprit éparpillé par tout ce qu'on sait tourne en rond, fébrile sous le manque de sommeil, elle cherche à se rattraper à n'importe quelle branche. Elle imagine son mari dormant encore à cette heure sous une couette brûlante, au petit matin son sommeil est toujours plus profond qu'au début de la nuit. Elle l'imagine déjà sous une douche glacée, comme il en a l'habitude, non par goût mais parce qu'il est persuadé que le froid dissipe bien plus sûrement que le chaud les mauvais rêves. Elle l'imagine levé, écoutant la radio en rangeant la maison, et cette fois elle sourit parce qu'elle l'entend râler à distance, systématiquement il peste contre l'actualité, plus exactement sur la manière vide et mécanique dont on la raconte, comme si derrière tout ça il n'y avait pas des hommes, des femmes et des destins chavirés, lui seul capable de s'en révolter dès le réveil. « Dis donc, il te fait bien poireauter, ton type feuilleté par les saisons, s'éveille la voix de très mauvais poil. Il prend une douche ou quoi ? »

Mais voilà le diplomate qui débarque enfin. La paupière lourde, un épi de cheveux blancs sur la tête, foulard noué à la hâte mais le pas décidé. Sans un mot, sans un sourire, il prend la fille par l'épaule, l'embarque en quête d'un café. Elle sent son bras lourd posé sur son dos, ce geste banal l'énerve, au nom de quoi se permet-il cette familiarité ? Que s'est-il passé exactement qui l'autoriserait désormais ? En un mouvement sec, une torsion rapide, elle pourrait s'en dégager. « Trop hostile, lâche la voix rugueuse. Pas le moment, laisse faire. » Ils repassent sans un regard devant les types qui se massacrent, traversent le lobby, prennent un escalator, débarquent sur une passerelle, empruntent un trottoir roulant. Ensommeillé, le diplomate cherche à reprendre la main sur le réel, il s'agrippe à n'importe quoi, note malgré lui que les tapis de caoutchouc rigides sous des rouleaux tournants ont été remplacés par des marches métalliques jointes. Au doigt levé, il estime la vitesse à un mètre par seconde, soit 3,6 km/h. Sur le tapis volant en pente douce, ils ne se laissent pas porter mollement par la machine, mais marchent en couple officiel et pressé qui aurait un avion à prendre ensemble. Au fait s'inquiète soudain la fille, à quelle heure est le sien ce matin ? « Occupe-toi de tes oignons, rabroue la voix en gueule de bois. Le vieux connaît le timing, pas besoin de tes services, mêle-toi plutôt de tes affaires mal emmanchées. »

Dans un autre hall gris, aérogare 2F, niveau départs, tabassé de lumières et de bruits de moteurs, ils découvrent un monde en train de reprendre vie. Une dizaine d'auto-laveuses Comac désinfectent le sol. Les engins industriels zigzaguent comme des hamsters sous coke broutant une herbe disparue, laissant derrière eux la traînée d'un liquide de décontamination. Les premiers low cost sont annoncés au départ et des voyageurs chargés comme des mules, mal réveillés mais déjà tendus vers ailleurs, commencent à affluer. Les travailleurs de l'aube prennent leur poste et la monteuse s'imagine en kiosquier. Levée à l'aube dans un pavillon des environs, un café avalé debout dans la cuisine, chauffage à fond dans la voiture glacée, elle serait entrée sur zone avec son badge électronique, direction sa place réservée au sixième parking avant de lever son rideau. Mettre en place la presse du jour tout juste arrivée des imprimeries, arranger chaque présentoir et lancer sa caisse. Si elle était plutôt vendeuse de macarons ? En tablier blanc de soubrette, elle alignerait de sa main gantée de caoutchouc hygiénique la ribambelle de gâteaux frais dans les boîtes du jour, alternant les couleurs en passant sur sa légère nausée du matin, enrubannant avec soin chaque petit cadeau embarqué bientôt vers un pays lointain, souvenirs de Paris.

Monsieur piste un café ouvert, entraîne la fille encore sur 300, 350 mètres environ, dépasse les fauteuils automassants de l'espace Be Relax, avant de tomber sur Les Fleurs du cerisier, c'est le nom du café s'éveillant. Le taulier porte encore la trace d'un oreiller au travers de la joue, la nuit aura été trop courte pour tout le monde. Est-ce à cause des cerises ? La malédiction du violet les poursuit. Les quelques tables et chaises de plastique thermo-moulées, jetées à la hâte devant la vitrine en improvisant un genre de terrasse cernée de papyrus en polychlorure de vinyle, tirent cette fois vers le lie-de-vin.

Une caméra de surveillance les cadre maintenant en plan large. Sur l'écran de contrôle, on voit un homme au foulard rouge et une femme en parka bleue attablés devant deux grands cafés, pareils à n'importe quel couple de la terre. C'est leur absence de bagages qui fait zoomer dans l'image l'employé à la sécurité, payé quelques étages plus haut pour visionner en temps direct. Il vient de prendre son service, pointant de 5 à 13 heures sans pause, et constate que la qualité est légèrement tremblée. Bizarre. Avec la définition des caméras que connaît parfaitement le diplomate pour avoir participé jadis à des réunions contre la collecte des données personnelles, avec ces caméras aux normes 4 CIF, soit 704 x 576 pixels, défilement six images par seconde, cela n'arrive jamais. Sans doute un défaut de connexion. Si le jeune agent de la sécurité les garde à l'œil, c'est que depuis sa formation en accélérée il considère comme suspect tout individu circulant main dans les poches et sans bagage dans le hall des départs. À moins qu'il porte, en évidence c'est la règle, le badge certifiant son appartenance aux milliers de serfs maintenant à bout de bras la vie de cet aéroport en déliquescence. Le diplomate commande six croissants d'office, escomptant vaguement que la texture spongieuse absorbe l'excès d'alcool, la nuit blanche et leur trouble.

CHAPITRE 8

Vous permettez ? Il n'a pas prononcé un mot jusqu'ici, et le voilà qui fuit sa fatigue, son désarroi et sa gêne en plongeant dans son téléphone. Il passe en revue vite fait messages et mails reçus dans la nuit, clique un certain nombre de fois, et puis se met à dérouler plus lentement un fil. La monteuse l'observe en silence. Qu'est-ce qui lui prend ? Le pouce va et vient de bas en haut. Des photos défilent. Un paysage, des visages, des figures. La famille ? Elle le voit se laisser peu à peu happer par les images, les sentiments. Son corps est là, son visage grave, son foulard et tout le reste, mais lui s'est absenté. Oublié le décor, oubliée la situation, oubliée la fille, il se jette hors du temps et de l'espace. La famille, évidemment, cette fois elle en est sûre. « Voilà autre chose, peste la voix. Maintenant il t'impose son petit monde, manquait plus que ça. C'est la dernière séquence, modifie le scénario en douce, élimine tous les plans qui te concernent, poubelle, tu sais faire, et va-t'en. »

La situation est délicate, ils en sont tous les deux responsables et il va bien falloir s'extirper dignement, le temps est compté. Pour le sortir de sa torpeur, la fille change de siège et s'assoit très exactement face à lui, le scrute droit dans les yeux, debout là-dedans. Elle voudrait qu'il réalise l'ensemble de la scène. Intérieur/jour/hall des départs, un homme vient de passer la nuit avec une autre mais au sortir de l'étreinte, au lieu de regarder dans les yeux cette femme dont son corps porte encore l'empreinte, il se plonge comme un drogué dans sa propre histoire, cherche tel un enfant à se ré-amarrer à une ancre de toujours, en quête d'un refuge auprès des siens, d'une absolution ? Qu'il s'arrête bon sang, qu'il éteigne ce truc.

Trop tard, il est ailleurs. De guerre lasse, la fille jette un œil sur l'écran. Un coup d'œil furtif, honteux d'abord, et puisqu'il ne bouge toujours pas, un regard plus curieux. Elle mate. La table n'est pas si grande, les images défilent à l'envers, mais elle voit tout ou presque. Un garçon, short rouge sur une planche à voile, une mer du Sud. Une brune souriante les fesses calées sur ce qui ressemble à une selle de cheval, lunettes de soleil coincées dans l'encolure d'un tee-shirt. Une ribambelle d'enfants classés par taille, rang d'oignons de regards sages, cheveux peignés en pyjama dans un jardin. Sidérée, la monteuse entrevoit se dessiner un sourire attendri sur les lèvres du diplomate. Repas sous une tonnelle, hommes torse nu et femmes en maillot, salade sur une nappe fleurie. Lui, bras dessus, bras dessous avec une blonde, cadrés en plan américain, pause affable, sur fond de pinède semble-t-il. C'est long.

Les mains de la fille se mettent à trembler. Au lieu de s'enfuir, elle s'est forcée à l'attendre, tout ça pour quoi ? Elle pourrait foutre la table en l'air et partir en courant, dans des circonstances pareilles, ce serait une déclaration de guerre. Pas la force de cette violence. Elle pourrait lui prendre la main et la poser sur sa joue, elle pourrait se lever et l'enlaçant, éteindre habilement le téléphone, elle pourrait encore renverser malencontreusement son café sur l'écran, oups. Ou bien parler, mais pour dire quoi ? Depuis sa vision tragique et sa fuite de la chambre 1830, elle se sent coupable bien sûr, cruelle. Pour compenser, elle s'efforce à la douceur, à la sagesse, à la maturité, et lance ça va vous faire du bien de les retrouver. Sans lever les yeux ni bouger d'un iota, l'homme muet jusqu'alors murmure du tac au tac, prouvant au passage qu'il n'a rien oublié de sa présence, non. Grave, minéral, sans appel. Elle est pulvérisée. Il continue à scruter son machin et s'arrête sur une photo qu'il agrandit. Est-ce cela qu'il cherchait ? Il examine les détails, en quête de quoi ? Sa femme. Après d'interminables secondes, il lâche tenez, vous voulez la voir ?

Non. Drapée soudain dans le châle douillet de la bonne morale toujours rassurante, elle ajoute hypocritement je n'ai pas le droit. « Dis donc, il joue à quoi ? suffoque la voix scandalisée, ça commence à bien faire. » Elle se garde bien de dire qu'elle en voit bien assez de l'endroit où elle se trouve. Une blonde est lovée dans un grand fauteuil d'osier, elle serre un enfant endormi sur son ventre, elle a l'air belle. La fille se garde aussi d'avouer que si elle la reconnaît, c'est qu'elle l'a vue déjà sur Internet, le Web humiliant et maniaque où s'éventent en quelques clics nos secrets mal gardés. Vous ne voulez pas, vraiment ? Mortifiée, la fille ne comprend rien, mais parce qu'elle se sent coupable, elle cède pour lui faire plaisir. Alors il lui tend carrément son portable. Sur l'image datée, sa femme a précisément l'âge de la monteuse qui inspecte l'écran franco. C'est bel et bien une femme de bord de mer, bras et jambes nus, dorée sur tranche telle une icône, irradiante de santé et comblée, c'est ce que dit son sourire. Avec cet enfant serré contre elle, c'est une Vierge étincelante dans un rayon de soleil, presque obscène dans sa certitude d'être aimée. La monteuse voit Romy Schneider dans *La Piscine*, une beauté solaire de cet ordre, une vitalité irradiante, la maternité en plus. Une reine d'été sur son trône, une apparition, un tableau de la Renaissance, avec tous les petits qu'on devine à ses pieds, en bordure du cadre. Voilà, c'est vu. Toujours silencieux, le diplomate relève enfin la tête pour attaquer un croissant.

CHAPITRE 9

La fille cache ses mains sous la table. Minable elle se sent, fond et forme. Un insecte face au corps féminin triomphant, c'était le but ? Est-ce sa manière à lui de rendre le coup, œil pour œil, dent pour dent, après sa fuite de la 1830 ? A priori ce n'est pas son genre, mais sait-on jamais ? Tout à l'heure, là-haut au 18e étage, en homme inquiet toujours sur le qui-vive malgré la douceur, intuitif plus que n'importe qui, il a senti l'effroi glacé de la fille, elle en mettrait sa main à couper. C'est sûr et forcément une entaille mortelle. Vidée d'un seul coup de toute forme d'énergie par la honte, la monteuse voudrait disparaître. Se jeter face contre terre, fondre sous les dalles en résine. Disparaître, c'est un désir ancien. Fille unique errant dans les champs d'Île-de-France, poussée telle une mauvaise herbe entre les jambes de femmes impossibles à satisfaire, c'était une obsession. Quand on est condamnée à décevoir, autant en finir.

Se dissoudre sous l'écorce terrestre, c'était l'idée. Le sol était magnétique. L'été, la terre trop sèche devenait une poussière douce et âcre qui envahissait ses oreilles, ses narines, sa bouche. L'hiver, l'argile du coin transformait la boue en glu qui imbibait ses vêtements, collait ses cheveux, glissait sous ses ongles, maculait son visage. Elle cherchait à s'enfouir, comme sa tortue. Une carapace miniature se déplaçant au ralenti, un crabe sous Lexomil. L'été, l'animal vivait au fond du jardin, planqué sous un buisson dans les brindilles. Mais dès les premiers froids de l'automne, pour survivre, la tortue s'enfouissait comme un ver de terre sous l'humus, puis sous la glaise, là pour personne. Chaque hiver, l'enfant sans larmes en portait le deuil muet. Et puis arrivait ce jour d'avril où l'animal réapparaissait tête nue entre deux orages. Des années plus tard, cette histoire était devenue une mythologie chérie par son fils qui en avait fait une affaire personnelle, collectionnant tout un bric-à-brac de jouets et de figurines à l'effigie de la carapace verte.

Disparaître, pas facile dans un café d'aérogare. Pourtant la monteuse en a gardé l'habitude secrète, ni vue ni connue. À l'abri de son banc de montage, elle se fond en douce dans les images. Allongée dans la cabine d'une jonque en bois sur le Mékong quand la mousson cogne sur le pont, sous une couverture dans un refuge de l'Altiplano, emmitouflée dans la vieille ville de Brno, plongeant dans l'eau verte au fin fond du Péloponnèse, frissonnant dans un temple de montagne à Suzuki, dormant dans un van après une journée de surf du côté des Blue Mountains. Jamais elle ne le dira au diplomate, il pourrait mal le prendre, mais au fond elle comprend sans peine comment une mère peut se soustraire à l'amour des siens, s'évaporer loin des attentes des autres. Sans doute était-ce moins par égoïsme que pour ne pas décevoir.

Sans échappatoire devant son café, la monteuse soutient maintenant en silence le regard de l'étranger qui vient de lui mettre sa femme sous le nez. Que manque-t-il à sa vie, quelle quête inassouvie, quel sentiment d'incomplétude, que fabrique-t-il ici ce matin ? « C'est son histoire et pas la tienne, râle la voix à nouveau au taquet. Regarde, après avoir été si proches, déjà vous êtes à des années-lumière de distance, palpe le froid glacial. » Cette soif d'intensité, aucun amour de la terre, rien ni personne ne la colmatera jamais. Ni pour lui, ni pour elle, ni pour personne.

En silence toujours, sans un mot, elle assiste maintenant au spectacle d'un homme qui se rassemble après une interruption de l'image. Le diplomate retrouve ses couleurs, centralise ses forces. Elle le scrute. Au cœur de sa faille à lui, c'est la sienne qu'elle a reconnue. Cet homme est un miroir tendu sur son vertige, son creux dans la poitrine. Pour lui, elle ne peut rien. Pire, sa présence creuse peut-être son gouffre, appuie sur la plaie, rend la brûlure plus amère encore. Voilà ce qu'elle pense à l'instant. Demain elle imaginera peut-être autre chose et qui sait, qu'ils se sont donné mutuellement des forces pour continuer leur route, des forces que rien ni personne ne leur enlèvera jamais. « L'amour, jappe la voix donneuse de leçons dès l'aube, c'est deux solitudes qui se protègent, se complètent, se limitent et s'inclinent l'une devant l'autre. Incline-toi, salue et tire-toi. »

Monsieur lui prend la main, y dépose un baiser, agrippe son bras, la fait s'asseoir à son côté, soudain de nouveau empressé comme il sait l'être. Vous êtes fatiguée, vous êtes songeuse, venez ici, prenez ce café tant qu'il est encore chaud, un croissant, autre chose ? Nous allons reprendre nos habits de tous les jours n'est-ce pas ? Son avion est dans une heure, direction San Francisco où l'attendent de nouvelles négociations. Pourquoi a-t-elle fui tout à l'heure ? Le diplomate désormais aux petits soins se garde bien de poser la question. Il a parfaitement compris, hélas. Avec la photo de sa femme, il n'a pas su ce qu'il faisait, trop troublé encore, blessé même, il s'en rend compte à l'instant, soudain il a honte à son tour. Elle n'a rien dit pourtant, mais déjà il regrette amèrement, quel con. En traquant le regard bleu, en caressant les fines topazes accrochées à ses oreilles, en absorbant sa présence comme pour la dernière fois, il retrouve le courage de faire face à l'entièreté de leur histoire, l'amour et la mort pieds et poings liés. Impossible de lui en vouloir ne serait-ce qu'un quart de seconde. Le temps a filé à toute allure, trop tard pour l'emmener vers la mer.

Elle aurait pu dormir dans la voiture, il l'aurait installée sous un châle de cachemire, un baiser sur son front. Il aurait conduit des heures, savouré chaque parcelle de silence et au bout du chemin une soirée aux odeurs de lierre, d'iode et de romarin les aurait accueillis, une grande cheminée à l'ancienne, et puis la chaleur des flammes pour réconfort, dommage. Il la serre dans ses bras, un peu, beaucoup, trop. Elle ? Mentalement, la monteuse s'est échappée, elle aussi rassemble ses forces. Elle les puise ailleurs et c'est un autre plan-séquence, l'Italie et son soleil noir, du grain dans la texture de l'image, la mer aussi rugueuse que les rochers, les corps et les visages pareils, un homme, une femme et une aventure, un refuge et une impasse, la beauté qui recouvre tout. « Suffit ! » gueule la voix en overdose, et toutes les alarmes de l'aérogare se mettent à hurler un cri strident, il faut décamper.

Voyageurs, marchands et personnels se dirigent vers les sorties, tandis que des souffleries géantes se mettent en branle dans un gigantesque tapage. Rampant en meute, des agents sanitaires en chasubles orange accompagnent le mouvement vers l'extérieur. La sonnerie vrille les oreilles, histoire de faire dégager la foule plus vite, mais aucune panique n'est perceptible, l'habitude est prise. C'est le signal d'alerte pollution intérieure aux composés organiques volatils et particules fines, le SAPICOVPF, tout le monde sait ça. Lorsqu'elles dépassent un certain seuil, c'est la même histoire dans tous les lieux publics, les capteurs saturés déclenchent le branle-bas et les activités se mettent à l'arrêt. Évacuation générale le temps que les systèmes d'aération à double flux fassent leur boulot de filtrage. Le diplomate ne le sait que trop, des vapeurs toxiques s'échappent en permanence des matériaux de construction, des peintures et désinfectants ménagers, des revêtements synthétiques, des sols, des murs, mais aussi de tous les canapés prune en mousse thermoformée de la terre, et il s'agit de les disperser. Avec les grands feux et leurs milliards de cendres évaporées, les alarmes devenues hyper-sensibles se déclenchent trois fois et demie plus souvent. En dix minutes maximum, adieu formaldéhyde, glycols, benzène et radon, jusqu'à la prochaine alerte. Le Haut Conseil de la santé publique veille sur nous comme sur des nourrissons, ironise-t-il en finissant son café debout. Lorsqu'ils sortent à leur tour, le vent orange les surprend et d'un même réflexe ils serrent le col de leur veste, fendent la foule du trottoir, marchent un peu plus loin entre les bagnoles, passent sous les transformateurs et trouvent un peu de calme du côté des bennes métalliques à déchets industriels, à deux doigts des taxis. Une dernière clope ? lance-t-il d'un ton qu'il aurait voulu désinvolte.

CHAPITRE 10

Envahie d'une tendresse soudaine, la monteuse le serre dans ses bras. Les yeux fermés, elle sent contre elle sa chaleur et l'empreinte de son corps, son odeur de tabac et de fleur d'oranger, la douceur de son foulard sur son visage. Par cette étreinte, par son amour quoi qu'il advienne, elle rêve encore de le sauver de la vie qui passe et de la nostalgie, de le délivrer de la mort et de l'apocalypse, de le consoler de tout et plus que tout. Il se réfugie contre la parka bleue, de ses mains froides elle caresse ses cheveux en fils de soie blanche. Le diplomate l'enlace à son tour, ils s'embrassent timidement comme pour la première fois, il la serre plus fort encore. Cachée dans ses bras, elle demande tout bas vous la connaissez, la chanson de l'amour inachevé, impérissable puisqu'il n'a pas eu le temps d'advenir, inaltérable parce qu'il ne s'est pas réalisé, éternel parce que c'est un songe ?

Après un silence, le diplomate commente sobrement. Les circonstances nous sont défavorables. Elle sent sa voix grave faire vibrer sa poitrine, elle l'imagine en marin prenant son quart, un œil sur la météo. Et puis tout à trac, il murmure une dernière chose, ce n'est pas complétement le moment mais c'est plus fort que lui. Ne scrutez plus chaque signe annonçant la catastrophe, chaque nouvelle des océans ou des forêts, les grands équilibres du monde, c'est du passé. Depuis des années déjà nous sommes entrés dans un autre mouvement qu'aucune angoisse n'éteindra. Parvenir à vivre le présent, à fond, désarmé, c'est l'antidote. Et c'est peut-être la seule protection contre les terreurs de la nuit, contre la peste qui rôde dans les ténèbres, contre le fléau qui frappe en plein midi, voilà où il veut en venir. Rendez-vous dans une autre vie, petite. Rien ne presse. Âgé de cent mille ans, j'aurai la force de vous attendre. Les jambes de la monteuse se dérobent, la caméra s'éloigne, des gravats orange tombent du ciel au milieu des cendres grises, ils se blottissent l'un contre l'autre. Monsieur sort un objet de sa poche, lui tend son aigue-marine sans un mot, sûr qu'elle en découvrira un jour les secrets.

Puis il jette un coup d'œil à son téléphone, embarquement immédiat pour San Francisco, cette fois il doit filer, et vite. Récupérer ses affaires dans la 1830, foncer attraper son vol au T4, mais d'abord harponner un taxi pour elle. Ils se glissent dans la pagaille de la queue, enlacés et silencieux, bousculés par les valises, les chariots à roulettes et les gens, les gens, les gens. Un type en dossard orange fait avancer la foule au galop, il hurle et siffle comme au stade pour accélérer la cadence. Allez-y, vous allez louper votre avion. Non, vous d'abord, moi ça ira. Ce sont leurs derniers mots car la queue avance vite, les voyageurs sont dispatchés dans les voitures à toute allure et c'est une ronde de berlines et de 4×4 rutilants dans un nuage de diesel, un concert strident de coffres qui s'ouvrent et de portes qui claquent. Arrive le tour de la fille, elle est happée par le flot, un SUV noir l'attend, elle s'y engouffre en serrant la main sur la pierre bleue, se retourne, cherche du regard la grande silhouette au foulard rouge, mais la foule se presse et la vie va vite, le chauffeur démarre pour dégager la place, trop tard.

Dans le taxi, autre ambiance. La radio à fond la caisse est branchée sur les infos du matin. Sibérie arctique russe, Iakoutie. Nous sommes en direct de Verkhoïansk, à cinq mille kilomètres au nord-est de Moscou, scande la voix vigoureuse d'un reporter. La Iakoutie est une région grande comme cinq fois la France, l'un des lieux les plus froids du monde, qui garantit tout l'écosystème de la planète. On y a relevé parfois jusqu'à – 68 degrés. Ce matin, il fait 39 degrés. 39 degrés non-stop depuis deux mois, la canicule jour et nuit. C'est plus qu'à Miami. De mémoire d'anciens, c'est du jamais-vu. Verkhoïansk, c'est l'épicentre du dérèglement climatique, martèle le routard de l'antenne. L'épais manteau blanc qui recouvrait les steppes a fondu comme un glaçon. Tout se détraque dans un effet de dominos. Devenues brunes, entièrement cramées, les terres ne réfléchissent plus les rayons du soleil mais les absorbent, ce qui accélère le réchauffement. Le bétail meurt de faim et de soif. Quand il ne brûle pas dans les mégafeux. Ce matin comme depuis des semaines, les flammes ravagent la forêt boréale, relâchant dans l'atmosphère des quantités massives de dioxyde de carbone supplémentaires. L'engrenage est fatal, assène encore la grosse voix que la fille n'écoute plus. La fonte du permafrost, cette couche de tourbe glacée parfois épaisse de mille mètres, relâche des virus oubliés, comme la variole, piégés jusqu'ici par le froid. Et surtout des millions de tonnes de méthane, qui précipitent la catastrophe. Avec le dégel, les bâtiments de Iakoutsk, jadis construits sur des pilotis enfoncés dans la glace, s'effondrent déjà comme des châteaux de cartes. Parmi eux, toutes les infrastructures liées à l'exploitation du pétrole et du gaz. Au moment même où nous parlons, des milliards de litres d'hydrocarbures se déversent dans les sols. Une huile orange souille les rivières, les fleuves et les lacs, privant les habitants d'eau potable.

D'ici quelques jours, cette pollution atteindra les rives de l'Arctique. Elle ira contaminer l'océan et puis, sous l'effet des courants marins, tout le cercle polaire.

Avec, par ordre d'apparition :

Jacques Brel, Albert Camus, André Breton, Benjamin Fondane, Paul Eluard, Charles Baudelaire, Jean-Luc Godard, Michel Berger, Dalida, Étienne Daho, Jules Supervielle, Lars Von Trier, D.H. Lawrence, Guillaume Apollinaire, Claude Sautet, Téléphone, Léonard Cohen, Rainer Maria Rilke, Michelangelo Antonioni, Pedro Calderon de la Barca, la Bible psaume 91, Robert Desnos.

Composition réalisée par Belle Page

Cet ouvrage a été imprimé en France par
CPI Bussière
Z.I. rue Pelletier Doisy
18200 Saint-Amand-Montrond (France)

pour le compte des Éditions Fayard
en décembre 2021

PAPIER À BASE DE
FIBRES CERTIFIÉES

Fayard s'engage pour
l'environnement en réduisant
l'empreinte carbone de ses livres.
Celle de cet exemplaire est de :
1,4 kg éq. CO_2
Rendez-vous sur
www.fayard-durable.fr

Dépôt légal : novembre 2021
N° d'édition : 70-6946-8/01 - N° d'impression : 2062191